dtv

Ann Morgan ist nicht nur Ärztin aus Leidenschaft, sondern seit dem folgenschweren Unfall der Eltern auch verantwortlich für die Erziehung ihrer beiden jüngeren Geschwister. Keine leichte Aufgabe, zumal die hübsche Gillian ihr eröffnet, lieber Mannequin als Sekretärin werden zu wollen, und Jeremy mit der Polizei in Konflikt gerät. Ann sieht keinen anderen Ausweg, als London mit all seinen Versuchungen zu verlassen und sich um die Stelle einer Amtsärztin auf einer kleinen Insel zwanzig Meilen vor der Südküste Irlands zu bewerben. Doch als sie mit ihren sich vergeblich sträubenden Geschwistern den »schroffen Felsen im Atlantik« erreicht, müssen alle drei Morgans erkennen, daß Inishcarrig eine noch größere Herausforderung bedeutet, als sie befürchtet haben ...

Una Troy wurde 1913 in Fermoy in Irland geboren. Sie studierte in Dublin und schrieb zahlreiche Romane, von denen ›Wir sind sieben‹ (dtv 20322) international am erfolgreichsten wurde. Una Troy starb 1993 in ihrer irischen Heimat.

Una Troy

Läuft doch prima, Frau Doktor!

Roman

Deutsch von Fred Schmitz

Deutscher Taschenbuch Verlag

Von Una Troy
sind als *dtv großdruck* im
Deutschen Taschenbuch Verlag erschienen:
Eine nette kleine Familie (25153)
Mutter macht Geschichten (25166)
Die Pforte zum Himmelreich (25186)

Ungekürzte Ausgabe
April 2006
2. Auflage März 2007
Deutscher Taschenbuch Verlag GmbH & Co. KG,
München
www.dtv.de
© 1973 Una Troy
Titel der englischen Originalausgabe:
›Doctor, Go Home!‹ (Robert Hale & Company, London 1973)
© 1990 der deutschsprachigen Ausgabe:
Deutscher Taschenbuch Verlag GmbH & Co. KG, München
Umschlagkonzept: Balk & Brumshagen
Umschlagbild: John O'Brien
Gesetzt aus der Stempel Garamond 12/14·
Gesamtherstellung: Druckerei C. H. Beck, Nördlingen
Gedruckt auf säurefreiem, chlorfrei gebleichtem Papier
Printed in Germany · ISBN 978-3-423-25247-8

1

Als Ann in den Aufenthaltsraum für Jungärzte trat, wandten ihr die beiden dort sitzenden Männer ein betont fröhliches Gesicht zu. Wu Cheng lächelte sie an, wie er normalerweise nur das hübscheste Mädchen in einem Trupp neuer Praktikanten anzulächeln pflegte, und Ian McLaren warf das ›British Medical Journal‹ beiseite, als hätte es ihm nach Anns Auftritt nichts mehr zu bieten, und rief aus: »Hallo, schönes Kind! Daß drei von uns Sanitätsknechten sich zur gleichen Zeit von den Strapazen des Dienstes in unserem Allerheiligsten erholen, ist zweifellos ein Rekord in den Annalen dieses Krankenhauses.«

Ann ließ sich abgespannt in den nächsten Sessel fallen. Ian, in einem Fall von Trunkenheit am Steuer als Zeuge geladen, hatte sie und ihren Bruder Jeremy schon am Morgen im Gericht getroffen. Infolgedessen bestand kein Grund mehr, ihre Sorgen und Nöte weiterhin geheimzuhalten; es war im Gegenteil eine Erleichterung gewesen, sich ihren teilnahmsvollen Kollegen zu offenbaren. Sie bemühte sich, frohgemut zurückzulächeln, und sagte: »Also bitte, Sympathie und Zuspruch, schön und gut, aber man kann's auch übertreiben.«

»Wir üben uns nur ein bißchen an dir, meine

Liebe«, erklärte ihr Ian, »und zur weiteren seelischen Aufrichtung werde ich dir nun mit eigener Hand eine Tasse ...«, naserümpfend schaute er auf seine Tasse, »... von dem da zapfen. Ist das Kaffee oder eher Kakao, Cheng, was meinst du?«

»Bin mir nicht sicher. Der Getränkeautomat wird immer unberechenbarer.« Cheng lächelte nun ganz verzückt. »Aber mir schmeckt heute alles wie Champagner, Ann. Ich habe erfahren, daß mir die Stelle in Hongkong sicher ist, wenn ich hier ausscheide.«

»Das freut mich. Nein danke, Ian, ich möchte nichts. Meine Zeit hier ist auch bald vorbei, aber ich hab mich noch um gar nichts gekümmert.« Sie seufzte. »Am liebsten wäre mir natürlich eine Stelle in den Staaten, um neue Erfahrungen zu machen, aber ...« Sie zuckte die Achseln.

Ian hatte die Zeitschrift wieder in die Hand genommen und blätterte ziellos darin herum. »Wirklich eine Qual, diese ganzen Anzeigen, die alle nach hochbegabten jungen Ärzten schreien, und dabei muß ich noch ganze drei Monate hier absitzen.«

Ann sagte mit Entschiedenheit: »Jedenfalls habe ich vor, so schnell wie möglich von London wegzukommen.«

»Nicht einfach heutzutage, die Halbwüchsigen hier unter Kontrolle zu halten«, bemerkte Cheng voller Teilnahme.

»Irgendwo anders besser?« fragte Ian.

»Vielleicht auf einer abgelegenen Insel, tausend Meilen weg von hier«, meinte Ann. »Gibt's keine abgelegene Insel, die nach einer hochbegabten jungen Ärztin schreit?«

»Wirklich komisch, daß du gerade danach fragst, mein Herzblatt, denn da wird tatsächlich eine Stelle auf einer relativ abgelegenen Insel angeboten, wenn auch nicht gleich tausend Meilen von unserem Sündenbabel entfernt. Die Anzeige ist schon wiederholt erschienen.« Er blätterte um. »Hier haben wir's. Gesucht: amtlich bestellter Bezirksarzt usw. usw. Ich sag's mal mit meinen Worten, aus erster Quelle sozusagen. Nennt sich Inishcarrig, mein Goldstück, zwanzig Meilen vor der Südküste meiner eigenen smaragdgrünen Heimatinsel, achthundert Seelen, kleiner Fischereihafen, einmal wöchentlich Fähre vom Festland, wenn's das Meer erlaubt. Das ist es. Genau auf Sie zugeschnitten, Dr. Ann.«

»Sehr hübsch, aber glaubst du nicht, Ian, daß die Republik Irland so eine Wunderinsel kaum in die Hände eines Weibes fallen läßt, das von Angeln und Sachsen abstammt?«

»Die Anzeige läuft schon ewig, und vor kurzem haben sie sogar noch was zugelegt, nämlich einen Bonus von fünfhundert Pfund, zusätzlich zum üblichen Hungerlohn. Also wer weiß? Vielleicht nehmen sie sogar eine verdammte Engländerin.«

Ann runzelte nachdenklich die Stirn und streckte die Hand nach der Zeitschrift aus. Ian wollte sie ihr schon hinüberreichen, schaute dann aber überrascht auf und legte sie zusammengeklappt auf den Tisch zurück. »Spaß beiseite. Weißt du was? Warte noch ein bißchen, vielleicht raff ich mich dann auf und halte um deine Hand an.«

»Damit wären deine Familienprobleme gelöst«, bemerkte Cheng.

Ian warf sich in die Brust. »Ich würde deinen Anhang schon Mores lehren, verlaß dich drauf.«

»Dein gutes Beispiel allein«, sagte Cheng milde, »würde sicher genügen.«

»So manches wahre Wort ward schon im Scherz gesprochen, du gelbe Gefahr.« Ian schüttelte den Kopf. »Aber so scherzhaft ist das nicht gemeint. Du kannst dir nicht vorstellen, wieviel Zeit und Mühe ich schon investiert habe, um diesem Mädchen beizubringen, daß ein Bett nicht nur dazu da ist, um an demselben sitzend Pulse zu messen.«

Wieder griff Ann nach der Zeitschrift. Ian erfaßte ihre Hand und drückte sie leidenschaftlich. »Siebenundzwanzig und noch ungeküßt. Das kommt davon, wenn ein sonst normales weibliches Wesen sich dem edlen Heilgewerbe mit Haut und Haaren verschreibt.«

Ann lächelte schwach. »Ich würde mir die Anzeige gern einmal ansehen.« Ian ließ ihre Hand los. Er klang tatsächlich besorgt, als er sagte: »Jetzt hör mal zu, ich möchte mir wirklich keine Vorwürfe machen, daß ich dir Flöhe ins Ohr gesetzt habe. Der Jammer mit dir ist, daß du alles zu wörtlich nimmst. Spitz deine Ohren, ich kenne Inishcarrig. War mal als Junge auf einem Schiffsausflug dort. Auch das pflichttreueste Frauenzimmer, das Ärger mit der Familie hat, will sich doch nicht lebendig begraben lassen, verdammt noch mal.«

Ann nahm die Zeitschrift und stand auf. »Der Familie Morgan kann es nur guttun, mal eine Weile auf Eis gelegt zu werden.«

Der Arztberuf war seit Generationen im Hause Morgan Tradition. Anns Urgroßvater war ein bekannter und beliebter Landarzt in Yorkshire gewesen. Ihr Großvater war ihm nachgefolgt und dann nach Bradford gezogen. Anns Vater hatte ein Mädchen aus Essex geheiratet und eine Praxis im Londoner East End übernommen. In den ersten zehn Jahren ihrer Ehe war Ann das einzige Kind gewesen, und sie wußte damals schon, daß sie berufen war, die Tradition fortzusetzen. Als nach zwei Fehlgeburten Gillian zur Welt kam, war Ann insgeheim erleichtert, daß es nur ein Schwesterchen war. Aber ein Jahr darauf wurde Jeremy geboren. Als ihr Vater mit der Neuigkeit aus der Klinik heimkam, folgte ihm Ann in sein Sprechzimmer.

»Kann ich immer noch Ärztin werden?«

Ihre Eltern wußten von ihrem brennenden Ehrgeiz, und ihr Vater schaute sie verwundert an. »Was soll denn das?«

»Nun ja, jetzt gibt's einen Sohn bei den Morgans. Er wird ganz sicher Arzt. Alle Morgan-Männer werden Ärzte; da dachte ich, du möchtest vielleicht lieber...« Sie wußte, daß nie genug Geld da war. »Ich frage mich, ob wir ... ob du dir zwei Ärzte leisten kannst...«

Ihr Vater war ein guter Arzt und ein guter Mensch. Zehn Minuten lang verdrängte er jeden Gedanken an sein volles Wartezimmer und versicherte seiner ältesten Tochter feierlich, daß ungeachtet der vielleicht noch wachsenden Zahl der Familienmitglieder jedes einzelne davon, gleichgültig welchen Geschlechts, genau das tun sollte, woran sein Herz hinge. Weil er zweimal in der vergangenen Nacht unnötigerweise aus dem Bett geholt worden war, fügte er noch hinzu: »Du kannst es dir ja noch mal überlegen. Man kann seinen Lebensunterhalt auch weniger mühevoll verdienen.«

Entrüstet entgegnete sie: »Man entschließt sich doch nicht, Arzt zu werden, bloß um Geld zu verdienen.«

»Wenn du diesen Standpunkt beibehältst«, sagte ihr Vater, »dann wirst du zumindest eine glückliche Frau sein und unter deinen Patienten nie großen Schaden anrichten können, und das ist schon eine ganze Menge.«

Ann wußte, daß er das nur sagte, weil er müde war. Ihr Vater war vollkommen, und sie verehrte ihn. Er opferte sich für seine Patienten auf, und eines Tages würde sie, so gut sie konnte, seinem Beispiel folgen.

In ihrem vierten Semester sagte ihr Vater: »Es klingt vielleicht gotteslästerlich in deinen Ohren, Ann, aber glaube mir, es gibt außer der Medizin noch andere Dinge im Leben.«

Ihre Mutter drückte sich ähnlich aus. »Mein Liebling, ich weiß ja, mit welcher Hingabe du lernst, wie man die Leute am Leben erhält. Aber versuche doch mal, auch ein bißchen zu leben und dein Leben zu genießen.«

Aber es gab soviel zu lernen, daß Ann noch keine Zeit für irgend etwas anderes fand. Ihr Vater sagte: »Liebe Ann, wenn du dich nicht dazu zwingst, dir Zeit dazu zu nehmen, wirst du nie welche haben, denn das ganze Leben eines Arztes besteht aus Lernen.« Für die Eltern war sie noch die kleine Tochter, die spielen und glücklich sein sollte, aber für Ann lag das Glück nur in der Hingabe an die Ideale, die sie von ihrem Vater übernommen hatte.

Während ihres sechsten Semesters schleuderte ein Lastwagen in das Auto ihres Vaters, und beide Eltern wurden getötet. Es war ein Schicksalsschlag, der Ann betäubte, und was sie vor dem völligen Zusammenbruch rettete, war die Einsicht, daß sie jetzt nur durch doppelte Anstrengung die plötzliche Lücke in der Reihe der Morgan-Ärzte möglichst rasch ausfüllen und ihrem Vater nacheifern konnte.

Die einzige Verwandte, eine Schwester ihres Vaters, kündigte ihre Stellung als Einkäuferin in einem Kaufhaus in Bradford, damit sie sich um die unglückliche kleine Familie kümmern konnte. Tante Nora hatte sie selten in London besucht und war ihnen ziemlich fremd. Sie war fünfzig Jahre alt, blond und dick – ein Gallenblasentyp, wie er im Buche steht, dachte Ann unwillkürlich, als sie die Tante nun wiedersah –, und schien für ihr Alter und ihre Statur etwas naiv und ziemlich verdreht. Aber sie hatte ein gutes Herz.

»Du machst ruhig weiter«, sagte sie zu Ann. »Ich nehme dir alles ab, bis du fertig bist.« Sie legte ihren Arm um Gillian und Jeremy. »Ihr armen Dinger.« Sie rissen sich rüde von ihr los.

Es war eine schreckliche Zeit gewesen, allein mit ihnen fertig zu werden, solange Tante Nora in Bradford auf eine Nachfolgerin warten mußte. Sie waren völlig niedergeschlagen, und Ann war genauso unglücklich, und doch noch bedrückter, weil sie überhaupt keinen Zugang zu den Geschwistern fand. Der Altersunterschied hatte sich schon immer bemerkbar gemacht, und in den letzten Jahren gab es wegen ihres Studiums kaum noch Berührungspunkte. Mürrisch hielten sie sich von ihr fern und schienen es sogar übelzunehmen, wenn sie versuchte, sie zu trösten, so als maßte sie sich damit die Autorität der Eltern an.

Tante Nora hingegen wurde gut mit ihnen fertig. Schon bei der ersten Begegnung erkannte Ann, daß sie mit ihrer Tante nicht viel gemein hatte, aber sie fühlte sich für immer in Tante Noras Schuld. Die Tante führte das Haus, kümmerte sich um Gillian und Jeremy, so daß sich Ann ganz aufs Studium konzentrieren konnte. Wenn es je Probleme gegeben hatte – Ann wurde nicht damit behelligt. Die anderen sah sie kaum außer beim Abendessen, und danach zog sie sich meist gleich ins Sprechzimmer ihres Vaters zurück, um weiterzuarbeiten. Dieses Zimmer hielt sie selbst in Ordnung, das war für sie keine Hausarbeit im üblichen Sinn, sondern eine heilige Pflicht, die sie niemandem überließ, und alles blieb darin unverändert, so wie es bei Vaters Tod gewesen war.

Tante Nora war anfangs ein rechter Quälgeist gewesen, immer wieder bemüht, Ann zur Teilnahme an einem unbeschwerten gesellschaftlichen Leben zu überreden, aber das gab sie bald auf. Sie selbst war gern unter Menschen und mit der ganzen Nachbarschaft gut Freund. Sie hatte einen treuen Verehrer in Bradford, einen Bauunternehmer namens Thomas Briggs. Er mußte offenbar zweimal im Monat geschäftlich nach London kommen und schaute dann unweigerlich jedesmal bei ihnen herein. Er war ein freundlicher phlegmatischer Mann, der wenig zu sagen hatte, aber wie Ann durch die Sprechzimmertür hören konnte, hatte ihre Tante genügend Gesprächsstoff für beide.

Kurz nach Anns Staatsexamen sagte Tante Nora: »Mein Liebes, ich hatte mir vorgenommen hierzubleiben, bis du dein Praktikantenjahr hinter dir hast, aber ich glaube, man kann's Tom nicht übelnehmen, wenn er jetzt etwas ungeduldig wird.« Ann war entsetzt, als ihr bewußt wurde, welche Opfer Tante Nora die ganze Zeit über klaglos gebracht hatte, um den Morgans zu helfen, aber Tante Nora sagte wohlgemut: »Tom ist nicht der Mann, der zuläßt, daß hilflose kleine Waisenkinder in der Klemme sitzen. Ich war hier sehr glücklich und habe Gillian und Jeremy ins Herz geschlossen. Aber wenn du glaubst, du könntest jetzt auch ohne mich weitermachen, dann ginge ich gern nach Bradford zurück, um mit Tom glücklich zu sein.«

Auf dem Heimweg, nachdem man die Neuvermählten zum Zug nach Bradford gebracht hatte, wurde kaum gesprochen. Ann konzentrierte sich auf den Verkehr, schließlich hatte sie ihren Mini, einen Gebrauchtwagen, erst in der vergangenen

Woche gekauft, um schnell zwischen Krankenhaus und Wohnung hin- und herfahren zu können. Insgeheim hatte sie sich auf ein friedliches, stilles Heim gefreut, wenn auch mit etwas schlechtem Gewissen. Aber ohne Tante Noras herzliches Lachen und ständiges Geplapper wirkte das Haus wie ausgestorben. Gillian und Jeremy ließen sich im Wohnzimmer in die Sessel fallen und starrten düster vor sich hin. Ann sagte teilnahmsvoll: »Ich fürchte, Tante Nora wird uns fehlen, aber wir müssen uns damit abfinden.«

Gillian sagte gedehnt: »Fehlt sie dir etwa?« Jeremy fügte unbewegt hinzu: »Du hast dir doch nie viel aus ihr gemacht, oder?« Sie sahen sie herausfordernd an.

Ann erwiderte aufrichtig: »Kinder, da seid ihr im Irrtum, das habt ihr nicht richtig gesehen. Wir sind beide zwar ganz verschieden, aber wir sind gut miteinander ausgekommen, weil wir unsere Eigenarten klugerweise akzeptierten.«

Jeremy höhnte: »Ja, du bist ja so einsichtig.« Gillian hob die Augenbrauen und sagte: »Aber nicht auf allen Gebieten. Zum Beispiel ist unserer lieben Schwester entgangen, daß wir keine Kinder mehr sind, nicht wahr?«

Da war allerdings nichts Kindliches mehr in der Feindseligkeit, mit der sie ihr begegneten. Sie hätten Fremde sein können. Aber letztlich sind sie das ja auch, dachte Ann, so wenig, wie ich von ihnen weiß. Sie blickte von der hübschen, blonden, hochnäsigen Sechzehnjährigen zu dem finster blickenden Schuljungen von fünfzehn Jahren und sagte gelassen: »Ich kann Tante Noras Stelle nicht einnehmen, wir müssen ohne sie auskommen, so gut es geht. Ihr seid keine Kinder mehr, aber Erwachsene seid ihr auch noch nicht. Ich hatte nicht die Absicht, die ältere Schwester herauszukehren, aber es ist eben so, daß ich doch sehr viel älter bin als ihr, und somit habe ich eine gewisse Verantwortung, ob uns das nun gefällt oder nicht.« Es klang so widersinnig, was sie nun ihren nächsten Angehörigen sagte, daß sie darüber lächeln mußte: »Wenn wir uns erst einmal nähergekommen sind, dann schaffen wir es sicher auch gemeinsam.«

Sie selbst tat ihr möglichstes, aber es war vergebens. Wann immer der Dienst es erlaubte, versuchte sie, mit ihrem Bruder und ihrer Schwester zusammenzusein, aber oft waren sie gar nicht zu Hause, und zwar auch zu Zeiten, zu denen sie nach Anns Meinung längst hätten zu Hause sein müssen. Schließlich setzte sie für Jeremy die Sperrstunde auf zehn Uhr fest und teilte Gillian mit, wenn sie noch länger ausgehen wolle, habe sie vorher zu sagen wohin und mit wem. Jeremy murrte ärgerlich, und Gillian zog ihre fein nachgezogenen Augenbrauen über ihren mattgrünen Lidern unglaublich weit hoch, aber dennoch fügten sie sich und kamen zu den festgesetzten Zeiten heim, zumindest wenn Ann zu Hause war.

Es war ein abschreckend ungemütliches Zuhause, das sie als überarbeitete junge Ärztin nach dem Dienst erwartete. Gillian ging aller Hausarbeit aus dem Wege, wo immer sie konnte, und zum Schluß brachte sie auch nichts mehr auf den Tisch außer Konserven- und Tiefkühlkost. Sie sagte gleichgültig: »Macht weniger Arbeit, und ich hasse es, Essen zu machen. Und wenn dir das Haus nicht hygienisch oder antiseptisch genug ist, dann kannst du ja eine Putzfrau anstellen wie andere Leute auch.« Ann erwiderte wahrheitsgemäß, sie könnten sich keine leisten. Sie versagte es sich hinzuzufügen, daß ihr Vater seiner Familie nur das Haus und eine kleine Lebensversicherung hinterlassen hatte und daß die geringe Summe, über die sie außer ihrem Gehalt verfügen konnte, kaum für den Haushalt reichte. Gillian warf den Kopf zurück. »Vaters Geld gehört uns allen, stimmt's? Aber nur du nimmst es und machst damit, was du willst. Und jetzt will ich dir auch gleich sagen, daß mir der ganze Typistinnenkram zum Hals raushängt. ›Unter Bezugnahme auf Ihr wertes Schreiben‹ und all so 'n Quatsch. Ich will was anderes machen. Ich will zu einem Mannequin-Kurs.« Plötzlich umschmeichelte sie Ann wie ein Kind. »Darf ich, Ann? Ich kenne da einen tollen Kurs. Die nehmen nicht jede, sind furchtbar wählerisch, aber sie meinten, ich hätte das richtige Gesicht und die richtige Figur. Also, um ehrlich zu sein, sie waren ganz verrückt nach mir. Sie sind zwar ein bißchen teurer als die meisten«, sagte Gillian und erwähnte beiläufig die Kosten, deren Höhe Ann die Sprache verschlug, »aber es ist ein Intensiv-Kurs, und sie sind bei allen Top-Agenturen ganz dick drin.«

Ann holte tief Atem und hielt es für besser, jetzt nichts weiter dazu zu sagen, außer daß Gillian zuerst ihren Sekretärinnen-Kurs beenden müsse. Gillian sagte »Ach verdammt« und wandte sich heftig ab. Ann wünschte, sie könnte ihre eigenen Unzulänglichkeiten einmal ergründen, wo immer sie lagen, denn auch heutzutage müßte eine durchschnittlich intelligente Frau junge Leute eigentlich mit mehr Geschick zu nehmen wissen. Tante Nora mit ihren unübersehbaren Unzulänglichkeiten war gut mit ihnen fertig geworden, aber nun lebte sie ihr eigenes Leben, und Ann hätte sich geschämt, sie abermals mit ihren Familiensorgen zu belasten. Aber es kostete sie schon einige Überwindung, nicht nach Bradford zu schreiben, nachdem sie der Schuldirektor dringend um ein Gespräch gebeten hatte. Jeremy war einmal ein guter Schüler gewesen, aber nun war er für den Direktor eine beklagenswerte Enttäuschung. Ann versprach, ihrem Bruder ins Gewissen zu reden, hatte aber wenig Hoffnung.

Sie wählte dafür das Sprechzimmer ihres Vaters aus, in dem er immer noch spürbar war, und sie hoffte, die Erinnerung an ihn würde sie trösten und stärken. Sie saß vor seinem Schreibtisch und sagte: »Vater hätte erwartet, daß du große Dinge vollbringst, Jeremy.«

»Hast wohl einen direkten Draht zum Geisterreich?«

»Jeremy, sag mir ehrlich, wenn irgendwas nicht stimmt. Ich werde alles tun, um dir zu helfen.«

»Was soll denn das Theater? Läuft doch alles prima, oder?«

»Also, wenn es keinen bestimmten Grund gibt, warum du so nachläßt, dann setz dich bitte hin und arbeite wieder richtig mit. Selbst ein Junge, der Grips hat, kann sich Nachlässigkeiten in der Schule heutzutage nicht leisten, wenn er einmal Medizin studieren will.«

»Ach ja?«

An der Wand hing ein Druck mit dem Bild des Urgroßvaters. Er sah nicht aus wie ein Arzt, eher wie ein Farmer, mit buschigem Schnurrbart, hohen Gamaschen und einem Setter vor dem Hintergrund der welligen Riedlandschaft von Yorkshire. Das Foto des Großvaters ließ schon eher den Arzt erkennen, und in seinen Augen war die gleiche Herzensgüte. Ann blickte auf das Bild ihres Vaters, das sie nach seinem Tod aufgehängt hatte, und sah in die liebevollsten Augen von allen dreien. Sie zwang sich zu einem freundlichen kleinen Lachen. »Wird doch eine tolle Galerie, wenn dein Foto mal daneben hängt.«

»Du heiliger Bimbam«, sagte Jeremy, ging hinaus und schlug die Tür hinter sich zu.

Mit diesem Türeschlagen fing die ganze Geschichte an. Durch die Erschütterung öffnete sich langsam und leise quietschend die Tür des Drogenschränkchens. Ann, die streng darauf achtete, daß es immer abgeschlossen war, untersuchte das offenbar defekte Schloß. Es war aufgebrochen worden. Verwirrt starrte sie auf die Kratzer im weißen Lack, und sie ahnte die Wahrheit, als sie jetzt mit angehaltenem Atem den kleinen Holzspan auf dem Boden sah, der von der gleichen Hand, die auch das Schloß aufgesprengt hatte, in den Spalt eingeschoben worden war, um das Schränkchen verschlossen aussehen zu lassen. Sie erstarrte, besann sich aber sofort und prüfte den Inhalt. Sie wußte darüber und über die Anordnung im Schränkchen so gut Bescheid, daß sie mit einem Blick die Verschiebungen erkannte, die offenbar das Fehlen einiger Packungen verdecken sollten. Sie brauchte die Liste in der Schublade nicht, um gleich festzustellen, daß Amphetamine, Barbiturate und ein paar Ampullen Morphium fehlten. »Mein Gott«, murmelte sie und starrte fassungslos auf die Gesichter an der Wand. Aber die konnten ihr nicht mehr helfen.

Sie hatte jetzt Dienst und mußte also die Untersuchung, vor der ihr graute, auf später verschieben. Sie schloß die Sprechzimmertür ab und nahm den Schlüssel mit. Im Krankenhaus wartete Ian McLaren, der eigentlich dienstfrei hatte, auf sie, um ihr mitzuteilen, er habe morgen ein vielversprechendes Rendezvous mit einer reizenden Puppe. Ob sie morgen seinen Nachtdienst übernehmen könne, er werde statt dessen heute für sie bleiben. Infolgedessen kehrte sie unerwartet nach Hause zurück. In ein dunkles, leeres Haus.

Um ein Uhr nachts kam Gillian. Ann saß im Sprechzimmer und hörte sie auf dem Vorplatz kichern und einen Mann lachen. Sie trat hinaus und machte das Licht an. Gillian fuhr erschreckt zusammen und starrte sie trotzig an. Sie sagte: »Ach hallo, Ann. Das ist Sidney Haughten. Sidney, das ist meine Schwester –«, sie kicherte gekünstelt, »Dr. Ann.«

Er war ein gutaussehender Mann, glatthaarig und gepflegt. Sehr kühl. Er sah aus, als wäre er jünger als fünfundzwanzig, wirkte aber schon so alterslos wie viele vom Laster geprägte Typen. Mit seinen Blicken entkleidete er Ann, ohne das zu verschleiern, und lächelte dabei so schmeichelnd, als wollte er ihr seine höchste Bewunderung zollen. Ann sagte: »Gute Nacht, Mr. Haughten.« Sie hielt die Haustür auf. Gillian sagte: »Bis morgen, Sidney.« Mit einem herzlichen

Lächeln, das ihnen beiden galt, ging er. Gillian drehte sich um.

»Was fällt dir ein, einen Freund von mir so rüde zu behandeln?«

»Dein Freund interessiert mich nicht. Wo bist du gewesen?«

»Was geht dich das an? Im Bett mit Sidney, glaubst du doch. War ich aber nicht. Noch nicht.«

»Wo ist Jeremy?«

»Woher soll ich das wissen? Ist ja kein kleines Kind mehr, das abends beten muß, bevor es zugedeckt wird.«

»Benehmt ihr euch beide immer so unglaublich, wenn ich nachts nicht zu Hause bin?«

»Tatsächlich gehen wir auch bei Gelegenheit mal früh ins Bett, Frau Doktor, wegen der Gesundheit.« Gillian ging die Treppe hinauf. Ann rief ihr nach: »Gillian!« Ohne sich umzudrehen gab Gillian zurück: »Ach hör doch auf! Ich bin auch kein Baby mehr. Mein Bedarf an Gewinsel alter puritanischer Jungfern ist gedeckt.«

»Gillian! Ich verlange eine Antwort von dir. Hast du im Sprechzimmer irgendwo herumhantiert?«

»Schwester, du glaubst offenbar, eine Morgan hat nichts anderes im Sinn, als in dem Geisterloch da unten mit Stethoskop und Pillen und Arzneien herumzufuhrwerken. Allerdings«, sagte Gillian, bevor sie verschwand, »eine Pille gibt's ja, die man vielleicht bald mal gebrauchen könnte, wenn sie zufällig rumliegt.«

Gegen drei Uhr morgens erwog Ann widerstrebend, die Polizei anzurufen, um Jeremys Verschwinden zu melden. Statt dessen rief die Polizei bei ihr an, sie solle ihren Jeremy bitte abholen. Nach einer Razzia in einem Café, in dem man Rauschgiftgeschäfte vermutete, wurden er und ein paar andere Jugendliche auf der Wache festgehalten.

»Haufen dummer Jungen«, sagte der Sergeant ungehalten, als Ann eintraf. »Aber unter uns, Frau Doktor, Sie brauchen sich keine Sorgen zu machen. Offiziell liegt gegen die nichts vor. Kroppzeug, unerfahren und dumm. Verstreuten das Zeug auf dem Boden, als wir reinkamen, und waren furchtbar erstaunt, daß sie das nicht sofort entlastete. Gibt natürlich eine Anklage, aber Sie können sich darauf verlassen, daß da nicht viel passiert, außer daß man ihnen einen gewaltigen Schrecken einjagt. Das heißt«, setzte der Sergeant resigniert hinzu, »wenn man die überhaupt noch erschrecken kann.«

»Vielen Dank, Sergeant. Um welche Drogen handelte es sich?«

»Hauptsächlich Amphetamine und Barbiturate. Ein bißchen Hasch dabei. Kleine Schleckereien für liebe kleine Kinder«, sagte der Sergeant aufgebracht. »Gott schütze sie, diese kleinen Idioten.

Wir wissen, da ist ein Schweinehund, der auch harte Sachen in dem Schuppen da verkauft, aber wir sind noch nicht an ihn rangekommen.«

Ann schwieg auf der Heimfahrt. Jeremy pfiff gelegentlich vor sich hin, gähnte oft, scheinbar gelangweilt, und schloß die Augen, als ob er schliefe. Er ging sofort die Treppe zu seinem Zimmer hinauf, aber Ann rief ihn ins Sprechzimmer zurück.

»Ich bin müde. Ich gehe ins Bett.«

»Erst kommst du her!« Jeremy zögerte, gehorchte aber dann. »Jeremy, mir ist das ganz schrecklich. Ich muß annehmen, daß du es warst, der das Drogenschränkchen aufgebrochen hat.«

»Heißt das vielleicht, du bringst mich aufs Revier zurück und beschuldigst mich, etwas aus einem Schränkchen gestohlen zu haben, das schließlich uns gehört?«

»Bitte, Jeremy. Ich weiß gar nicht, wie ich anfangen soll.«

»Dann halt doch einfach den Mund. Und mach nicht so ein tiefgefrorenes Gesicht, wenn du mit mir sprichst. Aber du bist ja ein Eisblock. Immer gewesen, stimmt's? Du kannst mir gar nichts sagen, weil du überhaupt nicht verstehst, um was es geht. Du hast in deinem Leben doch noch nie was gemacht, einfach nur um den Nervenkitzel zu spüren. Das Höchste liegt für dich doch darin, nachzusehen, ob bei den Leuten der Stuhlgang noch stimmt. Na schön, mag ja sein, daß unser

Verein heute abend in ein schiefes Licht geraten ist. Na und? Weiß doch jeder, daß die Hüter des Gesetzes nur zu dämlich sind, um dahinterzukommen, daß ein Trip nicht viel anders ist als rauchen oder trinken. Aber was soll's? Du Eisblock bist ja nicht mal fähig, zu rauchen oder zu trinken.«

»Gib her, was noch übrig ist von dem, was du genommen hast!«

»Weißt du immer noch nicht, daß wir verstockten Verbrecher von Kopf bis Fuß untersucht werden, wenn man uns schnappt? Im übrigen geb ich überhaupt nichts zu, was das Schränkchen betrifft, damit das klar ist!«

»Wo ist das Morphium?«

»Was für 'n Morphium?«

Sie kam mit ihm nicht weiter. Schließlich sagte sie: »Du sperrst dich also gegen jede Warnung. Nein, geh noch nicht!« Während Jeremy sich streckte und gähnte, holte sie einige Bücher und Zeitschriften hervor, in die sie an bestimmten Stellen Lesezeichen eingelegt hatte. »Wer über die Wirkungen von Rauschgift Bescheid weiß, dem kann es bei den üblichen leichtfertigen Ausreden oder sogar Verherrlichungen nur übel werden. Und das gilt auch für die leichten Drogen. Leicht, du lieber Gott! Die Artikel, die ich hier gekennzeichnet habe, sind nicht gedacht, um mögliche Süchtige abzuschrecken, es sind klassische Fallstudien, Berichte von Ärzten für Ärzte. Lies sie bitte!«

Jeremy sagte: »Werd ich.« Gähnend ging er zur Tür.

Wie der Sergeant schon vorausgesagt hatte, entließ der Friedensrichter die Angeklagten auf Bewährung in die Obhut der nun zur Wachsamkeit aufgerufenen Verantwortlichen. Diesen hielt er eine kurze Predigt, in der anklang, daß sie wohl in gewisser Weise ihre Aufsichtspflicht vernachlässigt hätten. Ann hörte niedergedrückt zu, sich ihrer Schuld bewußt, da sie gesetzeswidrig versäumt hatte, den Diebstahl der Morphiumampullen zu melden. Sie stand vor der schwierigen Entscheidung, entweder Jeremy im Sinne ihrer moralischen Pflicht anzuzeigen oder ihn vor den möglicherweise katastrophalen Folgen seiner Tat zu bewahren. Als sie ihm ihr Dilemma klarlegte, starrte er sie ungläubig an.

»Heißt das, du würdest es melden?«

»Das müßte ich eigentlich tun. Aber dann kämst du vermutlich in große Schwierigkeiten.«

»Was kümmert dich das, da du doch sowieso im Recht bist, wie immer.«

»Es kümmert mich eben doch. Aber ich muß unbedingt wissen, wo das Morphium hingekommen ist.«

»Was für 'n Morphium?«

»Wenn du's unbedingt so willst, na schön.« Abgespannt griff sie zum Telefon. »Tut mir leid.«

»Lieber Gott, du wärst tatsächlich imstande«,

flüsterte Jeremy bestürzt. »Also gut, ich hab das Zeug genommen. Bist du jetzt zufrieden?«

»Nicht zu meiner persönlichen Befriedigung hab ich versucht, dich dazu zu bringen, ehrlich zu sein. Du mußt begreifen, daß ich einfach wissen muß, was aus dem Dutzend Morphiumampullen geworden ist.«

»Die kleinen Glasdinger? Die habe ich natürlich sofort zertreten, als der Schlamassel losging.«

»Ist das wahr? Alle?«

»Tatsache. Alles nur noch Glasstaub.«

Ann ließ es damit bewenden; sie war nicht mehr fähig, die spartanisch harte Schwester nach dem strengen Gebot ihres Gewissens zu sein, das sie zum ersten Mal in ihrem Leben mißachtete.

Als Ann mit der Ärztezeitschrift unterm Arm zur Tür ging, sagte Ian McLaren: »Nimm Vernunft an, Mädchen. Du hast keine Chance, diese um sich schlagende, kreischende Brut ins neunzehnte Jahrhundert zurückzuzerren.«

»Ich werd's versuchen.«

»Na, ich wär ja verrückt, mich bloß wegen zwei widerspenstigen Teenagern im tiefsten Niemandsland zu vergraben. Weißt du was, Cheng? Würd mich nicht wundern, wenn das ganze Unglück unserer lieben guten Ann nur daherkommt, weil sie zu gut für dieses Leben ist. Mit so was kannst du's auf die Dauer nicht aushalten.«

2

Inishcarrig! In der Nacht wog Ann sorgsam das Für und Wider ab. Die Berufung hing von einer sechsmonatigen Probezeit ab, die danach bei beiderseitigem Einverständnis in eine Dauerstellung überging. Es war jetzt März. Was immer Ian McLaren für Bedenken haben mochte und wie primitiv es auf der Insel möglicherweise auch zuging, jedenfalls müßte es dort von April bis September ganz angenehm sein. Ein wichtiger Vorteil war auch das unmöblierte Haus mit geringer Miete, das dem Bezirksarzt zur Verfügung stand.

Vieles sprach dafür und nur weniges dagegen. Da war natürlich die Schule für Jeremy, aber irgendeine Schule mußte es auch auf der Insel geben; selbst wenn er durch diesen Einschnitt etwas zurückgeworfen wurde, so fiel das kaum ins Gewicht, da es jetzt nur darum gehen konnte, ihn so schnell wie möglich aus London heraus zu bekommen. Eine Schreibmaschine für Gillian würde zu beschaffen sein, und den Rest könnte sie zweifellos mit Hilfe von Lehrbüchern bewältigen.

Unlösbare Probleme gab es eigentlich hier nicht, falls..., dachte Ann, die etwas mutlos nachlas, daß die Kenntnis der irischen Sprache zwar wünschenswert, aber nicht Bedingung sei, falls überhaupt eine Chance bestand, daß eine unerfahrene, nicht zweisprachige Engländerin zum Bezirksarzt von Inishcarrig amtlich bestellt werden könnte.

Am nächsten Morgen schickte sie ihre Bewerbung ab. Eine Woche später kam die Antwort mit Angabe des Termins und Treffpunkts in Dublin, wo die Bewerber in Einzelgesprächen von einem Einstellungskomitee geprüft würden. Ann buchte einen Morgenflug und den Rückflug am Abend des gleichen Tages.

Fünf Minuten vor der verabredeten Zeit wurde sie ins Vorzimmer geführt. Da saß ein Mann mit dem Rücken zur Tür, die Füße seitlich gegen die gußeiserne Einfassung eines altmodischen Kamins gestemmt, in höchst gefährlichem Winkel auf einem leicht gekippten Holzstuhl. Als sich die Tür hinter Ann schloß, drehte er den Kopf und ließ den Stuhl ruckartig nach vorn fallen. Völlig überrascht stand er auf. Er sagte: »Guten Morgen.« Zögernd fragte er dann: »Ärztin?« Ann bejahte.

Er zog einen anderen Holzstuhl heran. »In diesen Tagen bilden schon zwei von uns eine Rekordansammlung von Bewerbern für diese besondere Stellung.« Er schaute sie prüfend an. »Inseln verlieren anscheinend ihren Reiz im Auge der Öffentlichkeit. Ist Ihnen das auch schon aufgefallen?«

Er war etwa dreißig Jahre alt, hochgewachsen, dunkelhaarig, mit intelligentem Gesicht. Außerdem war er Ire, und Ann ließ den Mut sinken. Mit ihrer gewohnten Aufrichtigkeit sagte sie: »Noch weniger Konkurrenz wäre mir lieber gewesen. Ich habe mich überhaupt nur um diese Stelle beworben, weil ich hörte, es sei so schwierig, jemanden dafür zu finden; da hatte ich gehofft, der Nachteil, Engländerin zu sein, fiele vielleicht nicht so sehr ins Gewicht.«

Er starrte sie neugierig an. »Man könnte glauben, wir hätten beide eine Vorliebe für Inseln. Erlauben Sie mir zu bemerken, daß Sie, wenn Ihnen wirklich klargemacht worden ist, worauf Sie sich einlassen, eine erstaunlich mutige junge Dame sind.«

»Einsamkeit und Ferne schrecken mich nicht ab. Kennen Sie Inishcarrig vielleicht?«

»Der Zufall will's, ich kenne es.«

»Jedenfalls hat man da einen beachtlichen Pluspunkt, wenn man auf einer kleinen Insel Dienst tut«, sagte Ann und bemühte sich, frohgemut zu klingen, obwohl sie sich sagen mußte, daß sie keine Chance mehr hatte, gegen diesen Mann anzutreten, »denn zweifellos erfährt die eigene Selbstachtung gewaltigen Auftrieb, wenn man für die Leute, die man behandelt, nicht einfach irgendein Arzt ist, sondern der Arzt schlechthin.«

Er lachte kurz auf. »Mein liebes Mädchen, jetzt wird mir klar, Sie sind noch weniger informiert, als ich anfangs angenommen hatte.« Er betrachtete sie eine Weile mit einem unergründlichen Gesichtsausdruck. »Mein liebes Mädchen ...« Ein Summton unterbrach ihn. Er sah auf den Summer und zuckte die Achseln. »Kismet. Wer bin ich, um in Schicksale einzugreifen? Lassen Sie geschehen, was geschehen soll.« Wieder ein Summton. »Ungeduldige Leute, unsere Prüfer, wie? Ich gehe am besten zuerst und mache den Weg für Sie frei.« Er sah sie an, und sein Lächeln wurde immer breiter. »Ich kann Ihnen versichern, Sie werden das Leben auf Inishcarrig immerhin ... interessant finden, Frau Doktor. Übrigens sage ich Ihnen jetzt schon voraus, daß ich nun zum achten Mal für diesen Job abgelehnt werde.« Über ihre Verblüffung lächelnd, sagte er: »Wir verlassen das Sitzungszimmer durch einen anderen Ausgang, so daß wir uns vermutlich in absehbarer Zeit nicht mehr sehen. Au revoir.«

Dem überraschend günstigen Verlauf ihres Einstellungsgesprächs zufolge mußte Ann annehmen, daß die Voraussage ihres Mitbewerbers sich tatsächlich bewahrheitet hatte. Es lag in ihrem Wesen, vorsichtig zu sein, aber diesmal fühlte sie sich so sicher, daß sie sofort nach ihrer Heimkehr mit Vorbedacht alle Brücken hinter sich abbrach. Die Familie saß beim Frühstück, als der Brief mit der offiziellen Bestätigung eintraf. Ann schaute auf Gillian und Jeremy, legte den Brief aus der Hand und teilte ihnen die Neuigkeit mit. Wohl wissend, daß sie von Anfang an scheitern würde, falls die beiden ihre wahren Gründe ahnten, zwang sie sich dazu, ihre übliche Aufrichtigkeit etwas außer acht zu lassen. »Daß wir von London wegziehen, ist vielleicht nicht ganz nach eurem Geschmack, aber es dauert ja nur bis Oktober, und das Gehalt ist eben sehr verlockend.«

Sie starrten sie an. Jeremy sagte: »Ist deine Sache, klar. Aber ich find's etwas komisch, wie du das die ganze Zeit bei dir behalten hast und uns jetzt so plötzlich damit überfällst.«

»Das mag sein, aber es hatte ja keinen Zweck, darüber zu reden, solange noch alles in der Schwebe war.«

»Na schön. Da ist ja nichts weiter zu besprechen. Du sagst, es ist ein guter Job mit allem Drum und Dran, na prima.« Höflich setzte er hinzu: »Diese Idee, die du da so irgendwie durchschimmern läßt, daß du uns in dieses Inish... Dingsda mitschleppen willst, das meinst du wohl nicht im Ernst, oder?«

Nach einem unsicheren Blick auf Ann und einem gekünstelten Lachen sagte Gillian leichthin: »Natürlich nicht, du Idiot. Mach dir keine Sorgen um uns, Ann, wir kommen glänzend zurecht, bis du zurück bist.«

»Daran zweifle ich nicht, Gillian, aber ich möchte euch doch lieber bei mir haben.«

»Um Himmels willen!« Gillian unterbrach sich

und sagte dann artig: »Ich weiß ja, daß du es gut meinst, aber du mußt wirklich endlich mal einsehen, daß wir alt genug sind, um selber auf uns aufzupassen.«

»Das geht nicht, daß ihr euch selbst überlassen bleibt, wenn ich so weit weg bin. Tut mir leid, aber ihr müßt mitkommen.«

»Auf einen Felsen im Atlantik?« Jeremy machte eine Grimasse. »Kommt nicht in Frage.«

»Dazu noch ein schroffer, wilder Felsen«, sagte Gillian und lachte abermals. »Ach Ann, mach dich nicht lächerlich.«

Ann entgegnete bündig: »Ich meine es ernst.«

Ein unheilvolles Schweigen folgte. Dann sprang Gillian auf. »Eines kannst du dir am besten gleich hinter die Ohren schreiben, Schwester. Ich jedenfalls bleibe hier.«

Der Konflikt war nicht mehr zu vermeiden. »Du kannst nicht hierbleiben. Ich habe das Haus für sechs Monate untervermietet. Der neue Mieter wartet nur darauf einzuziehen.«

»Mein Gott!« Gillians hübsche Augen verengten sich zu Schlitzen. »Bist du verrückt, oder was ist mit dir los? Du vermietest unser Haus hinter unserem Rücken?«

»Wir richten uns schon irgendwie ein«, sagte Jeremy unbewegt, »mit dir gehen wir jedenfalls nicht. Was für ein irrer Quatsch! Du spinnst doch, weiß Gott.«

»Du, Jeremy, hast doch gar keine Wahl. Tut mir leid. Du bist auf Bewährung bei mir. Wenn du also nicht mitkommen willst, muß ich der Behörde melden, daß ich nicht mehr für dich verantwortlich sein kann. Und was die dann mit dir machen, ist dir womöglich unangenehmer, als mit mir in Inishcarrig zu sein. Einen anderen Ausweg gibt es leider nicht. Ich kann dich nicht zwingen, Gillian, aber wenn du mitkommst, verspreche ich dir zum Ausgleich hinterher einen schönen Urlaub. Dann werde ich mir so eine Extratour auch leisten können.«

»Zwei Wochen Costa Brava! Was für ein Abenteuer! Zuckerbrot und Peitsche, wie?«

Sie stürmte davon. Jeremy sagte: »Da bist du schwer auf dem Holzweg, Ann. In der Erziehungsanstalt ist einer immer noch besser dran, als mit dir zusammen auf einer Insel zu hocken.« Er lief hinter Gillian her. Doch draußen vor der Tür flüsterte er: »Verdammte Pest! Und was jetzt?«

»Keine Sorge. Sidney bringt das für uns in Ordnung.«

Daß Gillian in der »Blauen Kanne« Sidney Haughten begegnet war, schien ihr der phantastischste Glücksfall ihres Lebens. Er war faszinierend. Im Gegensatz zu allen anderen Barbesuchern war er in Frisur und Kleidung völlig konventionell, aber das eigentlich Aufregende an ihm war der Ausdruck seines Gesichts, der genau das

Gegenteil biederer Bürgerlichkeit verriet. Sehr helle Augen funkelten unter schweren Lidern, und als er Gillian zum ersten Mal ansah, liefen ihr wonnige Schauer über den Rücken. Er hielt sie mit Blicken fest, so daß sie sich nicht rühren konnte, und dann kam er zu ihr herüber. Während sie miteinander sprachen und sich ansahen, durchschauerte es Gillian fortwährend, und dann stellte sich heraus, daß es ihm ähnlich erging, und so setzte er ohne weiteres voraus, daß sie nun zusammen weggehen würden, um sofort in diesem Sinne etwas zu unternehmen. Gillian hatte sich schon ausgemalt, wie herrlich das sein würde, aber auf einmal wurde sie nervös und ängstlich, weil es ihr irgendwie zu schnell vorkam und sie innerlich noch nicht soweit war.

Er benahm sich wirklich fabelhaft, kein bißchen ärgerlich, und seine silbergrauen Augen funkelten sie belustigt an. Er sagte, sie solle unbedingt gleich zu ihm zurückkommen, wenn sie ihre Einweihungsriten mit irgendeinem anderen hinter sich gebracht hätte. Gillian schämte sich sehr über ihre blödsinnigen Hemmungen. Sie war sicher, daß er sich nie mehr mit ihr abgeben würde, weil sie so dumm war, aber dennoch kam sie immer wieder in die »Blaue Kanne«, trank Unmengen Kaffee dort und traf ihn eines Tages tatsächlich wieder.

»Hallo, Schneewittchen«, sagte er. Er war in Begleitung eines jungen Mannes und eines Mädchens, vor denen sich Gillian linkisch und unerfahren vorkam. »Leute, ich stelle euch meine jungfräuliche Freundin vor. Sie ist noch nicht siebzehn, wir sparen sie also bis zu ihrem Geburtstag auf. Stimmt's, Gillian?«

Das so welterfahren wirkende Mädchen in seiner Begleitung sagte gedehnt: »Wie originell von dir, Sidney, daß du dir die einzige in diesen Breiten noch vorhandene mannbare Jungfrau eingefangen hast.«

Das war fortan Gillians Etikett in Sidneys Clique. Als sie ihn besser kannte, war sie dem Mädchen sogar für diese Bemerkung dankbar, denn sonst hätte er zweifellos das Interesse daran verloren, sie im Schlepptau zu haben. Aber sie wußte, er war stolz, sie vorzeigen zu können, so wie sie aussah, und er hielt darauf, sich von allen anderen zu unterscheiden, deshalb nahm er sie manchmal als seine platonische Freundin mit, einfach aus Jux. Er durfte sich solch einen Jux leisten, denn er hatte jede Menge Freundinnen, denen man viel nachsagen konnte, aber nicht Jungfräulichkeit. Das also war die Welt, zu der ihr Sidney Zugang verschafft hatte, eine Szene, in der die Menschen ihr Leben zu genießen wußten, und absolut verschieden von dem eintönigen Alltag, den sie bis dahin gekannt hatte. Aus dieser Welt ausgestoßen zu werden, das wäre wie die Vertreibung aus dem Paradies. Sidney war es auch, der den Mannequin-

Kurs vorgeschlagen hatte, er kannte die Frau, die ihn leitete. Soweit Gillian das beurteilen konnte, hatte er offenbar sehr viele Interessen, die alle mehr oder weniger mit der Unterhaltungsbranche und ihrem Umfeld zusammenhingen, und unbezweifelbar umgab ihn eine Aura des Erfolgs.

Gillians siebzehnter Geburtstag ging vorbei, aber sie hatte immer noch nicht mit ihm geschlafen. Was sie immer wieder hemmte, war dieses absurde Gefühl, daß man eigentlich jemanden ein wenig lieben müßte, bevor man zu ihm ins Bett steigt. Sie fühlte sich zwar von Sidney mächtig angezogen, aber er war nicht der Typ, den ein Mädchen ins Herz schließt. Es war wirklich schlimm, wie eine falsche Erziehung einen Menschen derart verkorksen kann. Aber sie würde sich tatsächlich überwinden müssen, um diese unselige Schranke zu durchbrechen und sich mit Sidney aufs beste zu amüsieren, denn schließlich kann kein anständiges Mädchen, um das er sich kümmert und dem er einen schicken Job verschaffen will, sich ihm auf Dauer verweigern.

Es dauerte eine Weile, bis sie Sidney fand. Die Clique hielt sich von der »Blauen Kanne« fern, seit Jeremy und andere Jungen die Polizei auf das Lokal aufmerksam gemacht hatten. Als ob die paar Joints etwas schadeten. Nach einigen Hinweisen fand sie ihn schließlich in einem Kellerlokal in Soho, in das er sie früher einmal ausgeführt hatte. Er war glänzend gelaunt. »Bald bist du nicht nur die Hübscheste weit und breit«, sagte er, »sondern die Schönste im ganzen Land.« Mit schräggelegtem Kopf betrachtete er sie aus verengten Augenschlitzen. »Ich seh das ganz klar vor mir, Liebling, es wird wirklich der Mühe wert sein, dich zum Star aufzubauen.«

Es klang, als meinte er es ernst. Sie hörte hingerissen zu, aber auch etwas ängstlich vor soviel Verheißung, und lachte nervös. »Der Haken dabei ist, ich muß nicht nur schön, sondern auch eine Schauspielerin sein.«

Die Art, wie er sie jetzt ansah, machte sie verlegen, so als hätte sie sich sehr dumm und kindisch ausgedrückt. Doch offenbar hatte sie ihn nur belustigt, denn nun lachte er leise mit und sagte: »Ich denke da noch an ein anderes verborgenes Talent. Wenn du deine Lehrzeit bei mir hinter dir hast, wird sich das ganz natürlich entwickeln. Aber da müssen wir noch etwas warten wegen deiner medusenhaften Schwester.«

Das führte Gillian mit einem Schlag wieder ihr ganzes Elend vor Augen. »Ach Sidney, du weißt noch gar nicht, wie medusisch sie wirklich ist.« Sie erzählte ihm alles. »Du hilfst uns doch, nicht wahr? Wir verlassen uns auf dich.«

»Inishcarrig?« sagte er geistesabwesend und überlegte eine Weile mit gerunzelter Stirn. Sie wußte ja, er war hart wie Stahl, so charmant er auch sein konnte, aber wenn er sie wirklich gern hatte, durfte er sie jetzt nicht im Stich lassen. Plötzlich besann er sich und sprach nun sehr schnell. »Natürlich weiß ich, wo Inishcarrig ist. Guck nicht so erstaunt, Gillian. Ich komme herum. Ich habe oft in Irland zu tun.«

Es lief darauf hinaus, daß sie seiner Meinung nach tatsächlich nach Inishcarrig gehen sollten. Er habe ja schon gesagt, sie müßten wegen der Meduse etwas leise treten, bis Gillian volljährig sei, und gerade jetzt, da das verdammte Weib so unmenschliche Züge zeige, sei es angebracht, sie in Sicherheit zu wiegen, damit sie nicht dauernd herumschnüffele. Aber auf jeder Reise nach Irland werde er Inishcarrig besuchen, und das werde Dr. Ann Morgan einfach schlucken müssen. Nach diesen sechs Monaten könne Dr. Ann Morgan zur Hölle fahren, und dann fange das Leben erst richtig an.

Es schien alles so einleuchtend, wie er es Gillian darlegte, und er versprach auch, es Jeremy ausführlich zu erklären, aber Gillian fühlte sich ziemlich verlegen, als sie es Jeremy ebenso einleuchtend auseinandersetzen wollte; schließlich hatte nur sie die Aussicht auf die herrlichen Zeiten hinterher, aber das war für Jeremy natürlich kein Trost. Doch Jeremy äußerte sich nicht dazu, gab nur einen Grunzlaut von sich, der seine Hilflosigkeit ausdrückte.

Jeremy hätte auch einen Pakt mit dem Teufel geschlossen, um vor Inishcarrig bewahrt zu werden. Da nun aber Gillians Herzbube nicht helfen konnte oder wollte, sah er eigentlich keinen Grund mehr, den Kerl ein weiteres Mal zu sehen. Er war ihm etwas verleidet. Am Anfang mochte er den Burschen ganz gern. Damals, als er sich nach Tante Noras Abgang ziemlich verlassen vorkam, hatte ihn Sidney mit einer neuen Clique bekannt gemacht, die ihn von dem häuslichen Elend ablenkte. Die Jungen waren mehr oder weniger in seinem Alter, aber sie wußten schon, wie man das Leben etwas aufregender macht und es in vollen Zügen genießt, und wie kann man denn überhaupt noch anders leben, wenn man bei Sinnen ist, verdammt noch mal? Die Kerle in seinem eigenen Haufen in der Schule dachten, sie wüßten alles, aber das war nur Theorie. Sidneys Clique führte ihm erst vor Augen, wie unreif die Jungen in der Schule waren, er selber eingeschlossen. Da war eine Party in einer Wohnung, und er machte so einer Puppe gegenüber eine Bemerkung über den merkwürdigen Geruch. Sie kreischte auf.

»Unser Baby meint, hier riecht's so komisch. Hat Babylein Angst?«

»Mann«, sagte ein anderer Typ, »das ist doch Chanel Nr. 5.«

Darauf sagte diese ach so witzige erste Puppe: »Willdu denn auch mal, Schnuckiputz?« Sie ließ ihn ziehen. Du lieber Himmel, da mußte er sich doch glatt übergeben. Na ja, sie rissen den ganzen Abend ihre Witze über ihn. Aber am nächsten Abend redeten sie ganz anders, als er das Zeug aus dem Sprechzimmer in der »Blauen Kanne« herumgehen ließ. So hatte er ihnen ganz schön den Mund gestopft, und es hatte sich wirklich gelohnt, trotz des Affentheaters bei der Polizei hinterher und des Geschimpfes von Ann, die nicht müde wurde, ihm diese grausigen Artikel mit den grausigen Bildern unter die Nase zu halten. Er wäre lieber gestorben, als es diesem Eiszapfen gegenüber zuzugeben, aber nach reiflichem Überlegen hatte er den Entschluß gefaßt, dieses Drogenspielchen aufzugeben, wenigstens für den Augenblick. Nicht, daß er jemals so dämlich gewesen wäre, einer Sucht zu verfallen, das war ja klar, aber so toll, wie man immer sagte, war das Zeug ohnehin nicht. Bei dem Gras wurde ihm nur übel, und die gelben Kapseln machten ihn so müde, daß er sich am liebsten in der »Blauen Kanne« hingelegt und geschlafen hätte.

Der Treffpunkt, den Sidney ihm angegeben hatte, war voller alter Weiber beiderlei Geschlechts, die Sahnetorten in sich hineinstopften. Sidney wirkte völlig fehl am Platze. Bis jetzt war Jeremy nicht klar gewesen, wie geschniegelt der Kerl war. Das Lächeln, mit dem Sidney ihn begrüßte, ließ ihn kalt, und Sidney ließ seinerseits gleich erkennen, daß er auch nicht viel von Jeremy hielt.

»Ein kleiner Junge sollte wenigstens so viel Hirn haben, um zu wissen, daß er nicht in der ›Blauen Kanne‹ den großen Macker spielen kann. Das hätte auch gewaltig danebengehen können. Ich müßte dich wirklich bestrafen lassen«, sagte Sidney sanft, »damit du einen Denkzettel kriegst, den du nicht vergißt. Du hast natürlich den Stoff von deiner Schwester geklaut. Das ganze hübsche Morphium. Keine Angst, das ist in sicheren Händen. Ich verstehe auch nicht, wie du um alles in der Welt auf einmal auf die Idee kommst, so jung schon mit dem Zeug auf eigene Faust hausieren zu gehen.«

»Ach laß den Quatsch!«

»Die Polizei wäre sicher sehr böse geworden, wenn sie gewußt hätte, wie da ein garstiger kleiner Junge mit Morphium um sich schmeißt.«

»Halt die Luft an! Was ist mit dir los? Du bist ja wie Ann. Glaubst du, ich bin hergekommen, nur um mich noch mal anschnauzen zu lassen?«

»Die Polizei wäre auch sehr böse mit Dr. Ann geworden, weil die ihren nichtsnutzigen kleinen Bruder decken wollte. Stell dir mal vor, eine Ärztin, die ihr Berufsethos in den Wind schlägt und ihr Morphium für den allgemeinen Konsum freigibt!« Sie schwiegen, während die Kellnerin servierte. »Ja tatsächlich«, faßte Sidney gedankenvoll zusammen, »du und deine Schwester, ihr kommt ganz schön in Bedrängnis, wenn jemand singt.«

Ohne auf ihn zu achten, griff Jeremy nach einem verlockenden Stück Mandelkuchen. Aber er kam nicht dazu, ihn zu kosten. Es ist schlimm, erpreßt zu werden, aber es ist wie ein Alptraum, wenn einem das inmitten von ordentlichen, harmlosen Durchschnittsbürgern widerfährt, und genau das widerfuhr Jeremy jetzt. Ob er wolle oder nicht, sagte Sidney in seiner widerwärtig sanften Art, Jeremy müsse nun als Sidneys Kontaktmann nach Inishcarrig gehen. Sidney hatte ein kleines Nebengeschäft, von dem weder Zoll- noch Steuerfahnder etwas ahnten, und jeder wußte ja, wie bequem der irische Hintereingang nach England war. Päckchen würden auf verschiedenen Wegen nach Inishcarrig gelangen, und Jeremy müsse sie aufbewahren, bis sie abgeholt würden. »Ist nichts dabei«, sagte Sidney ermunternd. »Kann nichts passieren. Kein Mensch schnüffelt hinter dem kleinen Bruder der Amtsärztin her.«

Er starrte Jeremy mit glänzenden Augen an. Sie glänzten so stark, weil in ihnen zu viel Iris und zu wenig Pupille war. Man konnte sich leicht vorstellen, was die Pakete enthielten. Jeremy ballte die schweißnassen Fäuste unter dem Tisch.

»Damit will ich nichts zu tun haben.«

Sidney flüsterte mit einem tückischen Unterton: »Okay! Dann wirst du auch hinnehmen müssen, was auf dich zukommt, auf dich und deine angeblich so hochherzige Schwester.« Er fuhr sich mit einem Fingernagel quer über die Wange. »Und außerdem eine ziemlich rauhe Abreibung für dich, mein kleiner Held.«

So etwas liest man sonst nur in Büchern. Aber hier war es plötzlich Wirklichkeit. Jeremy stand auf. »Ich muß weg.«

»Wir sehen uns in Inishcarrig.«

Jeremy stürzte blindlings durch Straßen und Gassen und wurde zweimal fast überfahren, bevor er nach Hause kam, wo nur Ann und Gillian waren. Der Eiszapfen und das Spatzenhirn. Keiner, der helfen oder raten konnte. Keiner. Erst waren Mutter und Vater gegangen, dann Tante Nora. Es war nicht abzuschätzen, wie ernst Sidneys Drohung zu nehmen war. Allein wäre er schon mit allem fertig geworden. Aber nicht mit dem Eiszapfen zusammen. Diesen elenden, widerlichen Eiszapfen konnte er nicht mit hineinreißen, er konnte diese kalte Ziege nicht belasten, die zum ersten Mal, bestimmt zum ersten Mal in ihrem pedantisch ordentlichen Leben seinetwegen beide Augen zugedrückt hatte. Würde man sie aus der Ärzteliste, oder wie man das nannte, einfach streichen? Kein Mensch, der einem riet oder half.

Die Spannkraft der Jugend kam ihm am nächsten Tag zu Hilfe. Es war offensichtlich jetzt das wichtigste für alle drei, rasch aus Sidneys Nähe zu verschwinden. So grob wie möglich wurde Ann davon in Kenntnis gesetzt, daß die Familie gedenke, sie nach Inishcarrig zu begleiten. Sie war sehr erleichtert.

»Nichts vorzuführen da unten, nur Unterwäsche aus rotem Flanell und Schals, nehme ich an«, sagte Gillian mit gereiztem Lachen, »aber wenigstens hofft man, daß die Eingeborenen da keine Handelsschule haben.« Wütend blickte sie auf die neue Schreibmaschine, als sie geliefert wurde, lachte aber wieder nur unwirsch auf. Jeremy hatte zwar murmelnd wissen lassen, es wäre jedenfalls ein kleiner Trost, daß Physik und Chemie eine Weile ausfielen, äußerte aber keine Widerrede, als ihm aufgetragen wurde, seine Schulbücher einzupacken. Er schien in sich gekehrt und abgespannt. Hätte Ann nicht gewußt, daß das nur ein Ausdruck seiner Widerspenstigkeit war, hätte sie annehmen müssen, daß irgendeine Krankheit in ihm steckte.

Nun aber sah sie der Reise nach Inishcarrig voller Hoffnung für die Entwicklung der beiden und auch etwas gespannt auf die Erfahrung ihrer ersten Arztpraxis erwartungsvoll entgegen.

3

Die Morgans setzten mit der Fähre von Holyhead nach Dún Laoghaire über. Ann hatte nur das Allernötigste mitgenommen, aber außer ihrem persönlichen Gepäck mußten wenigstens Schlafsäcke und etwas Mundvorrat und Geschirr eingeladen werden, bis die wichtigsten Möbelstücke fürs neue Haus besorgt werden konnten. Der Mini war also derart vollgepackt, daß die Überfahrt noch der erträglichste Teil der Reise war. Ann, die sich wenigstens genügend Spielraum zum Lenken freihalten konnte, bedauerte ihre eingezwängten Mitfahrer. Gillian grollte unaufhörlich vor sich hin. Jeremy war heiser, und seine Nase lief – Vorboten einer schweren Erkältung.

Zügig fuhren sie nach Lishaven weiter, einem kleinen Hafen, zehn Meilen von Cork City entfernt, wo die wöchentliche Fähre nach Inishcarrig wartete. Mannschaft und Passagiere waren kaum zu unterscheiden, aber ein stämmiger Mann, der mit einer alten Frau unten an der Gangway plauderte, trug eine Art Seemannsmütze, und an ihn wandte sich Ann. Die anderen waren im Wagen geblieben. Der Mann war in der Tat der Skipper. Sein strahlendes Lächeln verriet, daß er sich nichts Schöneres wünschen konnte, als solch einen Passagier zu befördern.»Von der Sprache her sind Sie Engländerin, nehme ich an. Die Saison hat erst angefangen, aber wenn Gott will, haben Sie Glück und kommen gerade zur rechten Zeit in eine Schönwetterperiode.« Die alte Frau lächelte genauso freundlich und sagte: »Ist ja wahr, jetzt kommen die Touristen schon vor und nach der Saison, weil die Insel doch zu jeder Zeit ein wunderschöner Ort ist.«

Dankbar gab Ann dieses warme irische Begrüßungslächeln zurück und sagte: »Ich bin keine Touristin. Ich bin die neue Ärztin für Inishcarrig.«

Das Lächeln verschwand. Die Alte sprach mit dem Skipper schnell auf Irisch, eilte an Deck und kreischte den Leuten dort schon im Laufen auf Irisch etwas zu. Sie rannten alle zusammen zur Reling und brüllten zum Skipper hinunter. Er brüllte zurück und wandte sich dann mit unbewegtem Gesicht an Ann. »Kann Sie leider nicht mehr mitnehmen. Das Schiff ist voll.«

Die offensichtliche Lüge machte Ann einen Augenblick lang sprachlos. Dann gewann sie ihre Fassung zurück. »Hier ist, wie man deutlich sieht, noch genügend Platz für mehr als ein kleines Auto und drei Leute.«

»Über die Ladekapazität meines eigenen Schiffes weiß ich wohl besser Bescheid. Da gibt's staatliche Bestimmungen für Ladung und Passagiere, und niemand kann erwarten, daß Sie die verstehen.«

»Und niemand«, entgegnete Ann energisch, »braucht sie zu verstehen. Ich muß auf meinem Recht beharren, eine amtlich zugelassene Fähre zu benutzen.«

Er schob seine Mütze zurück. »Was Sie nicht sagen!«

»Ich werde meinen Wagen auf der Stelle hinauffahren!«

»Laderaum zu!« brüllte der Skipper und stapfte die Gangway hinauf, die sofort hinter ihm hochgezogen wurde, und mit einem langen, spöttischen Tuten legte die Fähre ab.

Auf Englisch sagte eine Stimme – es war die Stimme der Vernunft und der süßeste Laut, den Ann je gehört hatte: »Kann ich Ihnen vielleicht behilflich sein?« Ann drehte sich um und sah erleichtert in das Gesicht eines vernünftigen, höflichen Engländers in mittleren Jahren. »Es wäre mir ein Vergnügen, Sie in meinem Motorboot nach Inishcarrig zu bringen.«

Er stellte sich als Edward Fenton vor, Philologe aus London, augenblicklich mit vergleichenden Sprachstudien innerhalb der keltischen Sprachfamilie beschäftigt und nun zu eben diesem Zweck auf dem Weg nach Inishcarrig, wo er sich eine gewisse Zeit aufzuhalten gedenke. Auf Anns bittere Bemerkung, daß man ihr heute unmißverständlich gezeigt habe, wie hinderlich die absolute Unkenntnis des Irischen sein kann, antwortete er, er habe zwar auch nicht die leiseste Erklärung für das Scheitern ihres Versuchs, die Überfahrt zu erzwingen, doch wisse er, obgleich er Inishcarrig nun erst kennenlernen werde, daß Inselbewohner überall ihre kleinen Schrullen hätten, und später stelle sich sicher heraus, daß das alles nur ein lächerlicher Sturm im Wasserglas gewesen und längst vergessen sei.

Das Motorboot tuckerte langsam, aber stetig vorwärts. Inishcarrig sah wirklich von fern wie ein wüster Felsen aus, wie Gillian sofort hervorhob, aber näher kommend erkannte man verstreute, von steinernen Mäuerchen eingefaßte Felder und weißgetünchte Häuschen. Das Hafenstädtchen Dunbeg mit seinen meist graugestrichenen, schiefergedeckten Häusern hatte nichts Reizvolles an sich, nur hoch auf dem Felsen erhob sich ein schön gebautes, quadratisches Haus, das ganz ohne Zweifel das Domizil des Amtsarztes war. Das Motorboot wurde zwischen den Fischerbooten festgemacht, gegenüber dem Anlegeplatz der leeren Fähre. Am Kai standen Männer und sahen den Neuankömmlingen schweigend zu. Keiner machte Miene, beim Ausladen des Gepäcks zu helfen. Als alles am Kai aufgestapelt war, kam eilends eine Frau herbei, die Ann schon auf der Fähre gesehen zu haben glaubte, und sprach mit einem der Männer, der dann vortrat und Mr. Fenton ansprach.

»Bitte um Verzeihung, Sir, sind Sie vielleicht der Gentleman aus London, der bei Julia Casey logieren soll?« Mr. Fenton bejahte das. »Ah, willkommen, Sir. Wir haben gesehen, daß Sie nicht allein sind, und da waren wir erst etwas unsicher, aber Sie sind ja ein Fremdling, da kann keiner erwarten, daß Sie sich in Inishcarrig schon auskennen. Wenn Sie jetzt bitte diese Frau begleiten wollen, sie bringt Sie zu Julia rauf.« Mr. Fenton bedankte sich, aber er müsse erst helfen, Dr. Morgan unterzubringen. »Das geht schon in Ordnung, Sir. Wir kümmern uns drum. Sie gehen jetzt am besten, denn sie hat's Essen schon fertig und wartet, und da wird sie vielleicht schon ein bißchen kribbelig sein.«

»Ich darf's mit meiner Wirtin nicht gleich am Anfang schon verderben.« Er griff nach seinem Köfferchen, aber ein aufmerksamer Mann sprang vor und nahm ihm das kleine Gepäckstück ab, um es ihm zu tragen. »Also dann auf Wiedersehen, Frau Doktor. In so einem kleinen Nest können wir ja nicht umhin, uns wiederzusehen, ob wir wollen oder nicht, ha ha.«

Nach wenigen Schritten waren er und seine Begleiterin hinter der Hafenmauer verschwunden. Ann fragte: »Könnte jemand mir sagen, wo ich ein Taxi bekommen kann?«

Die Männer wieherten vor Lachen. »Ein Taxi? Wo glauben Sie denn, daß Sie sind?«

Ihre Gesichter waren voller Hohn und Feindseligkeit. Was immer das zu bedeuten hatte – nach einem Sturm im Wasserglas sah es jedenfalls nicht aus.

»Iren«, sagte Gillian mit ihrer hellen kleinen Stimme, »sind offensichtlich alles Lümmel.«

Die Gesichter liefen dunkel an, doch niemand, der Gillian anschaute, konnte seinen Ärger auf die Dauer beibehalten. Nur einer raffte sich zu einer Entgegnung auf. »Es hat Sie niemand hergebeten, Miss.«

»Ich kann euch versichern, ich war auch nicht wild darauf herzukommen. Aber wenn ich schon unter Wilden leben muß, dann wäre mir eine tropische Insel lieber gewesen, nicht so ...«, Gillian schaute angewidert in die Runde, »so ein Dreckloch von Dorf.«

Ann rief warnend: »Gillian!«

»Na und? Gemeiner, als sie schon sind, können sie nicht werden.«

Einer sagte drohend: »Glaubst du?«

Ein anderer warf ein: »Ach was, Jungs, laßt das. Hören Sie mal zu, Sie können sich gar nicht beschweren, Sie haben's so gewollt, sonst wären Sie nicht hergekommen. Aber keiner von uns will zu einer jungen Dame unhöflich sein. Vielleicht haben Sie wirklich in der Ferne nicht richtig mitbekommen, was los ist. Aber jetzt wissen Sie's ja. Wär's da nicht für Sie das beste, auf die Fähre drüben zu steigen, die fährt nämlich in einer Stunde zurück.«

Jeremy lachte heiser. »Das Schiff, das uns nicht mitnehmen wollte!«

»Skipper Murphy ist vielleicht nur einer vom Festland drüben, aber er weiß, was ihm nützt. Ihr werdet sehen, wie freundlich er ist, wenn er euch wegbringt.« Versöhnlich fügte er hinzu: »Klar, so eine gescheite junge Ärztin wie Sie, Miss, hat's doch nicht schwer, irgendwo eine Stelle zu finden, die zehnmal besser ist als Inishcarrig!«

Ann bat verzweifelt: »Kann mir nicht jemand erklären, um was es hier geht?«

»Ach hören Sie auf, sich dumm zu stellen.«

»Wie reden Sie denn mit meiner Schwester? Das machen Sie nicht noch mal.« Jeremy drängte sich vor Ann und Gillian. »Sie irischer Flegel.«

»Ja schau nur, was er für einen Wind macht, unser kleiner Mann.«

Ann zog ihn am Ärmel. »Jeremy, reize sie nicht! Ich versuche, eine vernünftige Lösung zu finden.«

»Vernünftige Lösung«, wiederholte Jeremy verächtlich. »Sind wir Duckmäuser oder was?« Er starrte die Peiniger seiner Familie an. »Wir haben ein Recht, hier zu sein, und hier bleiben wir. Basta!«

»Jeremy!«

»Sei still, Ann! Das ist jetzt mein Job.« Er übernahm die Rolle des Mannes, des Familienvorstands und Beschützers seiner Frauen. Er ballte die Fäuste. »Okay! Kommt ran, wenn ihr wollt. Zwanzig gegen einen, also los, da kann euch doch nichts passieren!« Keiner rührte sich. Erschöpft drehte er sich um. »Komm, wir lassen unser Zeug hier, Ann, und suchen uns ein Hotel oder so was, wo die Leute nicht alle übergeschnappt sind. Irgendwo, wo ich mich hinlegen kann.«

Feindselig schweigend löste sich die Gruppe auf und ließ sie gehen.

Es gab nur eine kleine Häusergruppe in Dunbeg, zwischen denen etwas verlief, was man eine Straße nennen konnte, und nur ein Haus darunter sah aus, als könnte es ein Hotel sein. Aber James Barry, Stoffe, Möbel und Lebensmittel, Schankwirt mit 7-Tage-Lizenz und Familienpension, konnte die Morgans nicht aufnehmen. »Hier nimmt uns niemand auf«, sagte Gillian. Schon bei diesem kurzen Fußmarsch durchs Dorf wurde ihnen klar, daß die Kunde ihrer Ankunft ihnen vorausgeeilt war. Der Abendhimmel war verhangen, und es fing an zu nieseln. Voller Neid dachte Ann an ihren Landsmann, der bei Julia Casey schon behaglich untergebracht war, von dem sich jedoch die Morgans, ausgestoßene Parias, anständigerweise fernhalten mußten, um ihn nicht auch ins

Verderben zu ziehen. Man konnte jetzt nur etwas zu essen kaufen und unter dem eigenen Dach Schutz suchen. Ann hoffte insgeheim auf eine Bestätigung ihrer Vermutung, das Haus da oben auf den Klippen sei ihres, aber als sie die schmallippige Person hinter der Theke nach dem Wohnsitz des Amtsarztes fragte, gab diese zurück: »Und was interessiert Sie das?«

Ann wußte schon im voraus, daß es zwecklos war. »Ich bin die neue amtlich bestellte Bezirksärztin für Inishcarrig.«

»Was Sie nicht sagen! Und wie kommen Sie darauf, daß es ein Haus für Sie gibt?«

»Ich glaube, es heißt Grangemore.«

»Grangemore!« Die Frau stieß einen schauerlichen Kreischlaut aus, ähnlich wie das alte Weib in Lishaven. »Bleiben Sie bloß da weg, wenn Sie nicht wollen, daß was passiert. Und außerdem: Keinen Krümel verkaufe ich Ihnen, und damit Sie's wissen und keine Zeit mehr verlieren, kein Mensch in Inishcarrig wird Ihnen was verkaufen, nicht mal 'n Kanten Brot!«

Das Gelächter begleitete sie bis auf die Straße. Jetzt regnete es richtig. Niesend und hustend hielt Jeremy vor einem einzeln stehenden Haus am Ortsausgang an und ergriff die Initiative. »Seht mal das Schild über der Tür: GARDA SIOCHANA. Garda, klingt wie Garde. Hat vielleicht was mit Polizei zu tun.«

»Wenn's wirklich Polizei ist, dann spielt die hier doch auch nur verrückt«, meinte Gillian.

Aber der alte Sergeant und der alte Wachmann, zusammen die gesamte Polizeitruppe von Inishcarrig, erwiesen sich als verständige und verständnisvolle Zeitgenossen. Sie ließen die Morgans vor einem riesigen Torffeuer Platz nehmen, und während der Wachmann Tee machte, versuchte sie der Sergeant ins Bild zu setzen.

»Schuld ist nur die Bürokratie«, sagte er. »Da sitzen Beamte in den Amtszimmern von Dublin und entscheiden über Leute, von denen sie keinen Schimmer haben.« Ein Resultat dieser arroganten Verwaltung war dieser Kampf bis aufs Messer zwischen dem Gesundheitsministerium und Inishcarrig. Seit Generationen hatte die Familie O'Malley die Ärzte für diese Insel gestellt, und als der letzte, Dr. Charles O'Malley, vor etwa zwei Jahren starb, setzte Inishcarrig als selbstverständlich voraus, daß sein Sohn, Dr. Bill, sein Nachfolger würde. Aber die Behörde setzte es sich plötzlich in den Kopf, das System dieser Erbfolge in Frage zu stellen, weil sie, wie der Sergeant gehört hatte, Dr. Bills etwas saloppe Einstellung zur Medizin und zum Leben überhaupt mißbilligte. Sie bestellte einen anderen Bewerber. Donnernde Brandreden gegen diese unchristliche Amtsführung von der Bischofskanzel in Cork City herab trafen in Dublin auf taube Ohren – auf der Insel gab es keinen

Geistlichen, und der Hilfspfarrer, der besuchsweise kam, war schwach wie ein Rohr im Winde –, und so kam es, daß bis zum heutigen Tage nicht weniger als sechs unerwünschte Ärzte von den Inselbewohnern in die Flucht gejagt worden waren und manche darunter tatsächlich unter Morddrohungen, während die O'Malleys gesetzeswidrig im Besitz von Grangemore blieben.

Der Wachmann brachte die Teekanne herüber. »Ich hoffe, Sie mögen ihn stark.«

»Die brauchen ihn stark«, sagte der Sergeant und fuhr mit seiner Geschichte fort. Die Ankunft Anns kam völlig unerwartet, und als mit der Fähre die Nachricht eintraf, daß ihnen jetzt eine Ärztin vor die Nase gesetzt werde, waren die Leute bestürzt und zugleich wütend über das unredliche Vorgehen der Behörde. »Sie sind zwar schlimm hier, aber Frauen attackieren, das tun sie nicht.« Er machte eine Pause. »Deswegen wären sie ganz schön in Verlegenheit, sich was Neues auszudenken, um Sie zu verjagen.« Er machte wieder eine Pause und schloß dann bedeutungsvoll: »Falls Sie hierblieben.«

»Wissen Sie, Sergeant, ob die Behörde zur Zeit meines Einstellungsgesprächs sich darüber im klaren war, daß die Dienstwohnung des Amtsarztes immer noch von den O'Malleys besetzt gehalten wurde?«

»In dieser Angelegenheit gibt's überhaupt

nichts, was in Dublin unbekannt wäre.« Der Sergeant erklärte, Dublin habe sich einfach entschieden, vor diesem anomalen Zustand die Augen zu verschließen, denn ein Versuch, die O'Malleys zwangsweise zu evakuieren, würde notwendigerweise einen Volksaufstand auf der Insel auslösen. Er lachte leise vor sich hin. »Man muß es verstehen, sie können nicht anders. Denn sie müßten Grangemore niederkartätschen, um an Miss Belinda vorbei hineinzukommen. Man kann auch Miss Belinda nicht tadeln«, sagte der Sergeant verständnisvoll. Sie war noch nach der Heirat ihres Bruders, Dr. Charles, im Haus geblieben, und als er anläßlich der Geburt von Dr. Bill Witwer wurde, hatte sie den kleinen Bill und einen anderen älteren Neffen, der jetzt als Ingenieur in Afrika arbeitete, in Grangemore großgezogen. »Jetzt wissen Sie's«, sagte der Sergeant. »Miss Belinda hält Grangemore eisern fest, für sich selbst, ihre Großnichte Jane, die wegen des Klimas aus Afrika hergeschickt wurde, und Dr. Bill, der zwischen der Insel und dem Festland hin und her fährt. Und soweit man das beurteilen kann, bleiben sie darin bis zum Jüngsten Tag.« Er stand auf. »Jetzt wissen Sie Bescheid, und wir werden Ihnen was für die Nacht zurechtmachen. Ist nicht gerade das Ritz, aber jedenfalls besser als gar nichts, und morgen früh wird Sie jedes Boot von Inishcarrig mit Vergnügen wieder zurückbringen.«

»Nein, vielen Dank. Aber ich wäre Ihnen dankbar, wenn Sie mir raten könnten, wie ich nach Cork telefonieren kann. Ich brauche da für meinen Bruder und meine Schwester eine nicht zu teure Unterkunft für die Zeit, bis ich selbst in der Lage bin, mich um sie zu kümmern. Außerdem muß ich die Überfahrt organisieren.«

Jeremy fuhr aus seiner Erstarrung hoch und starrte sie ungläubig an. Ann sah ihnen beiden in die Augen. »Es tut mir wirklich leid. Ich sehe ein, ich hätte euch nicht mitnehmen sollen. Andererseits, sechs Monate allein in Cork City, das wird euch ja nicht allzu unangenehm sein; es ist die zweitgrößte Stadt im Süden.«

Jeremy sah sie an wie ein gekränkter Junge. Er spannte die Muskeln und zog großspurig die Schultern zurück, um seine männliche Stärke zum Ausdruck zu bringen, was ihm indes nicht ganz gelang. »Gillian kann ja gehen, wenn sie will, aber es ist ganz klar, mich brauchst du hier.«

Er wartete gespannt.

Ann wollte etwas sagen und zögerte. Zum zweiten Mal in ihrem Umgang mit Jeremy folgte sie nicht der Vernunft, sondern ihrem Instinkt. Es war vielleicht idiotisch, aber sie konnte ihm jetzt die selbstübernommene Beschützerrolle nicht einfach wieder absprechen. Anscheinend erfreut und dankbar sagte sie: »Es ist zwar unglaublich selbstsüchtig von mir, ich weiß, aber es ist doch sehr beruhigend, dich bei mir zu haben, Jeremy. Ich danke dir.«

Jeremy war stolzgeschwellt.

Gillians hübsches Gesicht spiegelte den Kampf zwischen dem Verlangen nach der Ungebundenheit in einer großen Stadt und dem Drang, sich als ebenso mutig zu erweisen wie alle Morgans. Unter dem Eindruck der allgemeinen Edelmütigkeit sagte sie schließlich ergeben: »Ich bleibe auch bei dir, Ann.«

Jeremy lobte sie. »Gut gemacht, Gilly!« Ann wiederholte: »Ich danke dir. Ich weiß deinen Beistand sehr zu schätzen, Gillian.«

»Sie machen da einen bösen Fehler«, sagte der Sergeant bedauernd.

»Das mag vielleicht sein«, hielt der Wachmann dagegen, »aber ich glaube, die sind alle aus hartem Holz geschnitzt.«

»Wir kommen schon zurecht«, versicherte Jeremy. Er schaute zu Ann. »Und was wir als nächstes machen, dürfte wohl ziemlich klar sein, oder?«

Grimmig gab Ann zurück: »Du sagst es!«

Den ganzen Tag über hatte der Buschtelegraf die O'Malleys in Grangemore über alle Bewegungen der Morgans informiert. Als die Haushälterin Bridget Dunne vom Faktotum Patsy Hayes erfuhr, daß die Morgans sich in die Obhut der Polizei geflüchtet hätten, sagte Jane O'Malley verächtlich: »Natürlich, das ist alles, was Engländern einfällt.«

»Sehr vernünftig von ihnen.« In den letzten zwei Jahren hatte Belinda O'Malley wiederholt Gelegenheit gehabt, ihre vierzehnjährige Großnichte wegen ihrer blutrünstigen Art zurechtzuweisen. Beide hingen sie leidenschaftlich an ihrer Inselheimat, aber es war Belinda, die sich über den brutalen Terror gegenüber den eindringenden Ärzten entsetzte und öffentlich, wenngleich vergeblich feststellte, daß in jedem Fall ein einfacher Boykott genügen sollte. Besorgt dachte sie oft an die möglichen Gefühle der weit entfernt weilenden Eltern, die ihr dieses unschuldige Kind anvertraut hatten, und wies Jane darauf hin, ebenfalls vergeblich, daß Gerechtigkeit durch Gnade gemildert werden müsse. »Hör dir diesen Regen an! Daß diese unbesonnene junge Familie heute nacht kein Obdach hat, tut mir in der Seele weh. Besonders, da der Junge so schwer erkältet ist.«

»Tante Belinda, du wirst zu weich!«

»Überhaupt nicht. Man muß ja nicht bis zum Äußersten gehen. Unsere Sache ist gerecht und wird sich durchsetzen.«

Neben dem Kaminfeuer rekelte sich Bill O'Malley behaglich. »Meine liebe Tante, das schien mir schon immer der größte Trugschluß aller Zeiten.«

Entsetzt starrte Jane auf ihren Vetter, den sie bewunderte. »Bill! Du gibst doch nicht etwa auf?«

»Ein O'Malley gibt niemals auf«, sagte Belinda. »Wir wissen ja, der Kampf ist so gut wie gewonnen. Achthundert Seelen von ärztlicher Betreuung auszuschließen ist ein derart himmelschreiender Skandal, den kann selbst so eine unmenschliche Behörde nicht auf die Dauer dulden.« Bill murmelte, die Behörde könne sich reinen Gewissens freisprechen mit dem Argument, daß die achthundert Seelen für ihren Ausschluß selbst verantwortlich seien – was jedoch, fügte er hinzu, auf die Sterblichkeitsrate der Insel ohnehin keinerlei Einfluß habe.

Nicht nur Jane, auch Bill machte Belinda seit kurzem Sorgen. Während er darauf wartete, in dem ihm zustehenden Wirkungskreis tätig zu werden, beschäftigte er sich damit, kurzfristige privatärztliche Vertretungen auf dem Festland zu übernehmen, aber die Abstände zwischen ihnen wurden immer größer. »Es ist wirklich im Interesse von euch beiden zu hoffen, daß wir bald wieder normale Zustände haben«, sagte Belinda streng. »Dann hast du, Jane, keinen Anlaß mehr, so ein kleines Biest zu sein, und du, Bill, wirst dich dann ernstlich an die Arbeit machen müssen.«

Nachdenklich sagte Bill: »Diese junge Engländerin enttäuscht mich. Ich war eigentlich gespannt darauf zu sehen, wie sie mit Inishcarrig fertig wird.«

»Wie kommst du denn darauf«, fragte Jane verblüfft, »daß nicht umgekehrt Inishcarrig mit ihr fertig wird?«

»Hab so eine Ahnung. Sie sah so aus, als gehörte ihr sauberes kleines Gebiß einer Bulldogge. Aber das hat getäuscht. Wenn sie wirklich etwas taugte, dann wüßte sie, was sie zu tun hätte.«

Eine Stunde später klingelte es an der Haustür. Bridget Dunne schlurfte durch die Diele und kam dann wutentbrannt ins Wohnzimmer gestürzt.

»Die sind's! Ich seh sie durch die Tür!«

»Also hat sie's doch gewußt«, sagte Bill befriedigt und ging mit dem Ausdruck unangemessener Heiterkeit zur Haustür. Durch die Mattglasscheibe erkannte man undeutlich die nassen Gesichter unter der Glühlampe draußen. Er öffnete die Tür mit einer weit ausladenden Bewegung und lächelte die drei durchnäßten Gestalten höflich fragend an.

Die saubere junge Dame trat vor und schaute so grimmig drein wie die grimmigste Bulldogge. Sie sagte: »Ich nehme an, das ist die Dienstwohnung des Amtsarztes?«

»So ist es.«

»Gut. Ich bin die neue Amtsärztin«, sagte Ann und schritt mit ihrer Familie ins Haus.

4

Die Morgans und O'Malleys standen sich in der Diele gegenüber. Unheilvoll und drohend lauerte Bridget Dunne im Hintergrund. Ann sagte ruhig: »Guten Abend. Ich bin Dr. Morgan, die neue amtlich bestellte Bezirksärztin von Inishcarrig. Das ist meine Schwester, das ist mein Bruder. Ich fürchte, es liegt ein unglückliches Mißverständnis vor.« Sie hielt kurz inne. »Aber bitte, es gibt keinen Grund zur Aufregung. Morgen haben Sie Zeit genug, um das Haus in aller Ruhe zu räumen.« Sie lächelte schwach. »So wie ich das sehe, werden Sie jedenfalls keine Schwierigkeiten haben, in Inishcarrig eine andere Unterkunft zu finden.«

Bridget Dunne flüsterte vernehmlich: »Kann ich Patsy Hayes sagen, er soll schnell ein paar von den Jungs zusammentrommeln, um die rauszuschmeißen, Miss Belinda?«

»Sei ruhig, Bridget. Dr. Morgan, in dem Jungen steckt eine Krankheit. Wie fühlst du dich, mein Junge?«

»Ich heiße Jeremy«, grollte Jeremy verschnupft.

»Du solltest im Bett sein, Jeremy. Wie konnten Sie es zulassen«, verlangte Belinda gebieterisch zu wissen, »daß Ihr Bruder in diesem Zustand bei so einem Wetter herumläuft?« Diese Dreistigkeit verschlug Ann die Sprache. Bill gluckste leise vor Lachen. Belinda drehte sich ärgerlich um. »Das ist nicht zum Lachen!«

Bill sagte versöhnlich: »Hast recht, Tante Belinda. Hast dir eine saumäßige Erkältung geholt, alter Freund, wie?«

»Erkältung!« Belinda wandte sich voller Verachtung von beiden Ärzten ab. »Bridget, nehmen Sie Jeremy, und sorgen Sie dafür, daß er ein heißes Bad bekommt, und dann sofort ins Bett mit ihm!«

Bridget Dunne stand starr. »Ich?«

»Wir haben jetzt keine Zeit mehr, eine Matratze für ihn zu lüften. Heute nacht kommt er in Janes Zimmer.«

Jane starrte ihren kranken Feind wütend an. »In mein Zimmer?«

»Wir haben Schlafsäcke«, sagte Gillian mit ihrer hohen, klaren Stimme, »aber die liegen schon seit Stunden am Kai im Regen, vielleicht sollten wir die auch mal ein bißchen lüften?«

»Still, Kind«, befahl Belinda. »Schluß mit dem Unsinn. Im Augenblick müssen wir uns um Ihren Bruder kümmern. Wenn Jeremy im Bett ist, geben Sie ihm zwei Aspirin und heiße Zitrone mit Honig, Bridget!« Souverän die Anwesenheit zweier praktischer Ärzte mißachtend, verkündete sie: »Ich werde später selbst nach ihm sehen.«

Als Jeremy und Bridget hinausgingen, ärgerlich brummend beide, lenkte Belinda ihren Blick auf die zwei restlichen Eindringlinge. »Sobald Jeremy im Bad fertig ist, legen Sie die nassen Sachen ab und ziehen sich was Trockenes an. Wir müssen notgedrungen die Nacht hier zusammen verbringen, also schlage ich vor, wir benehmen uns so zivil und vernünftig, wie es die Lage erfordert.«

Sauber und wieder trocken in Morgenmänteln der O'Malleys ließen sich Ann und Gillian von Jane, die schweigend Haß ausstrahlte, ins Wohnzimmer führen. Dort erwartete sie die ihnen aufgezwungene Gastgeberin würdevoll, um ihnen das Abendessen zu servieren, das schon auf einem kleinen Tisch vor dem lodernden Feuer angerichtet war. Als sie hereinkamen, stand Bill auf.

»Einen Sherry? Oder vielleicht ist Brandy unter diesen Umständen angebrachter?«

Ann sagte: »Keines von beiden, vielen Dank.« Gillian kicherte. »Sie trinkt nicht.«

»Du meine Güte«, sagte Belinda. »Also gib ihr nur ein kleines Schlückchen Brandy, Bill. Das ist Medizin, Mädchen! Und Sherry für das Kind. Gillian, nicht wahr? Ein schöner Name. Also wirklich«, rief Belinda in unverhohlener Bewunderung aus, »Sie sind aber ein hübsches Mädchen!«

Gillian war an solche Bewunderung gewöhnt, aber es tat immer wohl, es zu hören. Diese alte Schraube war gar nicht so ein Drachen, wie es ausgesehen hatte. Ann nahm das Glas, das ihr gereicht wurde. Was hätte man sonst tun können, wenn man nicht unhöflich erscheinen wollte, wenngleich Miss O'Malleys Vorstellung von einer therapeutischen Wirkung des Alkohols natürlich blanker Unsinn war. Andererseits fühlte sie sich diesen Leuten gegenüber nicht besonders zur Höflichkeit verpflichtet, und bestimmt nicht gegenüber diesem Dr. O'Malley, der sie vorsätzlich in diese Falle hatte laufen lassen und mit jedem Blick und jeder Äußerung seine innere Belustigung verriet, aber im Interesse des armen Jeremy mußte sie sich an den vereinbarten Waffenstillstand halten.

»Trinken Sie aus«, sagte Belinda, »und setzen Sie sich zum Essen.«

Gillians leerer Magen zog sich angesichts von Mixed Grill und Apfelkuchen schmerzlich zusammen. »Ich bin halb verhungert, und es sieht herrlich aus.«

»Oh, Sie haben doch sicher von irischer Gastfreundschaft gehört«, sagte Bill heiter, »und Sie sind doch Gäste in unserem Haus.«

Ann umklammerte krampfhaft ihr Glas. Belinda sagte: »Sei nicht so albern, Bill, manchmal ist das wirklich lästig. Achten Sie gar nicht auf ihn, Dr. Morgan.«

Ann gewann etwas Zeit, indem sie langsam einen Schluck Brandy zu sich nahm. Dann sagte sie mit fester Stimme: »Ich schätze Ihre Liebenswürdigkeit, Miss O'Malley, jedoch, wenn es vielleicht auch undankbar erscheint, lieber wäre ich nicht genötigt gewesen, sie anzunehmen. Ich wünsche nicht, daß meine Haltung auch nur einen Augenblick lang mißdeutet werden könnte. Sie sollen wissen, daß ich absolut entschlossen bin ...«

Mit Blick zur Decke murmelte Jane: »Da kamen schon viele genauso entschlossen her.«

Gillian riß sich vom Anblick des herrlichen Abendessens los. »Wäre Jeremy gesund gewesen, hätten wir viel lieber auf den nackten Brettern in der Diele geschlafen, bis wir morgen das Haus für uns alleine haben.«

»Nun siehst du, jetzt hast du diese armen Mädchen ganz aufsässig gemacht, Bill!« Belinda hielt inne. »Aber vielleicht hat es die Luft gereinigt. Sie haben jetzt sagen können, was Sie denken, Ann – Verzeihung, Dr. Morgan natürlich –, jetzt wissen wir, wo wir stehen, und vielleicht darf ich hinzufügen, daß wir jedenfalls genauso entschlossen sind. Und natürlich sind Sie jetzt müde und verärgert nach so einem aufreibenden Tag, und Jane scheint auch mürrisch und verärgert zu sein. Aber könnten wir heute abend nicht die absonderliche Situation vergessen, die uns zusammengeführt hat? Morgen ist auch noch ein Tag, dann sehen wir weiter. So selten hat man Gelegenheit, auf Inishcarrig neue Leute kennenzulernen«, sagte sie bedauernd, »und wenn es schon einmal geschieht, würde ich es auch von Herzen gern genießen.«

Diese Bitte war wohl kaum jemandem abzuschlagen, der ohne zu zögern für Kleidung, Nahrung, Wärme, gelüftetes Bettzeug und Krankenbetreuung gesorgt hatte. Außerdem war es zwar möglich, Belinda O'Malley zu verurteilen, aber nicht leicht, sie unsympathisch zu finden. Gleicherweise war es auch schwierig, Dr. O'Malley nicht zu mögen, wenn man seinen wahren Charakter nicht schon kannte. Ann durfte sich ruhig in der Wärme dieser charmanten irischen Umgänglichkeit entspannen, sie wußte ohnehin, daß sie nur vorgetäuscht war. So vergingen ein paar Stunden auf angenehmste Weise, außer für Jane, die in Abwehr verharrte, bis Belinda, die Gillian gähnen sah, sich dafür tadelte, so eine selbstsüchtige, geschwätzige alte Frau zu sein, und alle ins Bett schickte.

Auf der Treppe zischte Jane Gillian an: »Du glaubst wohl, das ist für die O'Malleys die letzte Nacht in Grangemore? Irrtum! Das ist die erste und die letzte Nacht für die Morgans!«

Sie irrten sich beide. Am Morgen erwachte Jeremy mit einem Ausschlag hinter den Ohren und auf der Brust. »Masern!« erklärte Belinda, die als erste ihren Patienten besucht hatte, den beiden Ärzten vor der Tür. »Ich wußte, da war mehr im Anzug als eine Erkältung. Man braucht keine große ärztliche Erfahrung dazu, um das zu diagnostizieren. Man kann förmlich zusehen, wie der Ausschlag sich ausbreitet. Aber bitte«, sagte sie in scheinbarem Respekt vor der professionellen Überlegenheit der Mediziner, »Sie können sich das ja selber mal ansehen. Aber lassen Sie ihn in Ruhe. Masern sind sehr kräftezehrend in Jeremys Alter. Was der Junge jetzt braucht, ist Ruhe, viel Flüssigkeit und ein abgedunkeltes Zimmer.«

Der arme Jeremy war tatsächlich sehr krank und unglücklich. »Wann bin ich wieder gesund, Ann?«

»Och, in ein bis zwei Wochen ist alles vorbei.«

Jeremy stöhnte. »Ich bin nur unnützer Ballast für dich.« Er zupfte sie heftig am Ärmel. »Hör mal, sei vorsichtig, Ann. Die Insel ist gefährlich. Wirklich hochgefährlich, du.«

Von der Tür her sagte Bill: »Keine Sorge, Kumpel. Ich mach es mir zur Aufgabe, auf deine Familie aufzupassen, bis du das selber wieder übernehmen kannst, okay?«

Jeremy lachte schwach. Heiser sagte er: »Ist schon ziemlich komisch alles, wie?«

»Mag ja sein. Aber du kannst dich drauf verlassen.«

Ann biß sich auf die Lippen. »Er hat offenbar hohes Fieber.«

»Nun ja, natürlich.«

Jeremy zuliebe schluckte sie tapfer ihren Stolz hinunter. »Ich habe noch nie einen Fall von Masern gesehen.«

»In der Klinik wird man immer schön aufgefangen. Danach kommt für jeden einmal die erste Begegnung mit der grausamen Welt.« Taktvoll blieb er hinter der Türschwelle stehen. »Möchten Sie noch die Meinung eines anderen hören, Doktor?« Vielleicht war da ein kaum merkliches Zucken der Mundwinkel, als er hereingebeten wurde, aber seine Untersuchung war behutsam und gründlich. »Tante Belindas Diagnose ist korrekt. Sollten wir vielleicht erwägen, ihm zusätzlich zur vorgeschlagenen Behandlung noch ein Antibiotikum zu geben?«

Es konnte einen rasend machen, daß man gezwungenermaßen mit diesem Mann unter einem Dach leben mußte, bis Jeremy gesund war. Sie hatten jedoch, wie Belinda O'Malley ausführte, keine andere Wahl. Sollten die Morgans auf ihrem rechtmäßigen Anspruch auf Grangemore bestehen, so würden sie ganz sicher in einem leeren Haus zurückgelassen, ohne Vorräte und ohne die geringste Möglichkeit, irgendwo welche einzukaufen, und vermutlich, bei mutwillig unterbrochenen Leitungen und abgestellter Pumpe, ohne Strom und Wasser.

»Wir dürfen jetzt nur an Jeremy denken. Ich persönlich würde Ihnen ja gern alles ersparen, solange der Junge krank ist, aber ich bin überzeugt, daß alle meine Vorhaltungen gegenüber den Leuten völlig nutzlos wären, wenn Sie uns hinauswiesen.«

Jane murmelte: »Jetzt sollten sie doch bei Gott endlich begriffen haben, daß es keinen Sinn hat, uns für die kurze Dauer ihres Aufenthalts in Inishcarrig vor die Tür zu setzen.«

»Jane«, sagte Belinda, »wird Ihre Heimsuchung sein, so wie sie meine ist.« Eine leichte Heimsuchung freilich im Vergleich zu der anderen, die dieser Herr bedeutete, dessen belustigter Ausdruck in den Augen seine ernste Miene Lügen strafte. »Da also unser Waffenstillstand verlängert worden ist, können wir es uns nun alle zusammen hier bequem machen und die Zukunft einstweilen außer acht lassen.«

»Die Zukunft«, sagte Jane zu ihrer Ansprechpartnerin, der Zimmerdecke, »in der der Kampf bis aufs Messer wieder aufgenommen wird.«

»Es ist überflüssig, Jane, etwas zu wiederholen, was ohnehin jeder verstanden hat.«

Kurz darauf drohte jedoch etwas ganz anderes, Belindas Regelung zunichte zu machen. Sie weigerte sich, eine Bezahlung von seiten der Morgans überhaupt in Erwägung zu ziehen. Ann beharrte allerdings darauf, es sei völlig undenkbar, daß die O'Malleys für die Dauer von Wochen auf ihre Kosten drei Fremden ihre Gastfreundschaft gewährten.

»Nun ja«, sagte Belinda, »genau das ist das Dilemma. Denn Gastfreundschaft kann man's eigentlich nicht nennen. Ich bin zwar immer froh über Gesellschaft, aber, verzeihen Sie mir, wenn ich das sage, hätte ich es mir aussuchen können, hätte ich normalerweise nie im Traum daran gedacht, mir die Morgans herzuholen. Infolgedessen bin ich nicht im eigentlichen Sinne eine Gastgeberin zu nennen, ebensowenig wie Sie meine Gäste sind.« Plötzlich blickte sie sehr hoheitsvoll. »Ich möchte Sie nicht verletzen, aber Sie werden sicher einsehen, daß es den O'Malleys völlig unmöglich ist, eine gerechte Sache angesichts der unerschütterlichen Treue der Inselbewohner zu verraten, indem sie sich verächtlicherweise auch noch bezahlen ließen von eben den Eindringlingen, die ... also um es kurz zu machen«, schloß Belinda, die sich gänzlich verheddert hatte, »selbst wenn ich wollte, könnte ich kein Geld von Ihnen nehmen.«

»Das wäre ja wie Blutgeld«, sagte Jane in Richtung Zimmerdecke, und nach einem verstohlenen Blick auf ihre Tante flüsterte sie Gillian zu: »Ihr lebt hier nur von unserer Mildtätigkeit, das ist dir doch klar?«

»Umgekehrt: Ihr wohnt hier sehr schön mietfrei in unserem Haus«, zischte Gillian.

Belinda hörte ausgezeichnet. Sie strahlte und lächelte beiden Mädchen anerkennend zu. »Ein salomonisches Urteil! Wir haben das Problem gelöst, Ann ... Verzeihung, ich kann Sie einfach nicht weiter Dr. Morgan nennen, das kommt mir in meinem Alter Ihnen gegenüber lächerlich vor, und außerdem würde es mich dauernd an den unerfreulichen Grund Ihrer Anwesenheit hier erinnern. Sie teilen mit uns die Mahlzeiten, und wir teilen mit Ihnen Ihren De-facto-, wenn auch nicht De-jure-Wohnsitz. Das stellt alle Beteiligten zufrieden.«

Bridget Dunne trat ein. Sie starrte auf den Boden neben Anns Füßen. »Schwester Driscoll will wissen, wie lange die geplagten Leute in der Klinik noch warten sollen.«

Belinda sagte kühl: »Ich sollte Sie eigentlich nicht darauf hinweisen müssen, Bridget, daß dies nicht die rechte Art ist, in Grangemore einen Menschen anzusprechen, dem, aus welchen Gründen auch immer und ungeachtet seiner Identität, in diesem Hause, und sei es nur vorübergehend, Zuflucht gewährt worden ist.«

»Vielleicht sollten Sie's nicht, aber ich glaub, da müssen Sie meinem Gedächtnis öfter mal nachhelfen, Miss Belinda, damit ich's nicht vergesse. Jedenfalls so hat's mir Schwester Driscoll ausgerichtet.«

»Die Manieren anderer außerhalb dieses Hauses interessieren uns nicht.«

Mit einem Blick voll hämischer Vorfreude nahm Bridget eine Haltung gespielter Unterwürfigkeit an. »Soll ich Schwester Driscoll sagen, daß Sie zur Klinik kommen, sobald es Ihnen paßt, Dr. Morgan?«

»Bitte sagen Sie ihr, ich war über die Klinikstunden nicht informiert, aber ich komme sofort.«

»Die Zeiten sind auf dem Schwarzen Brett vor der Klinik notiert, aber natürlich wäre es zuviel verlangt, daß Sie sich bisher darum gekümmert hätten, Dr. Morgan.« Bridget beugte demütig den Kopf und ging so hinaus, daß man das Gefühl hatte, sie wäre rückwärtsgehend verschwunden.

Belinda sagte entschuldigend: »Bridget ... sie würde für uns sterben.«

»Oder für uns töten«, ergänzte Bill, »die treue alte Seele. Sie haben die Taktik offenbar schon geändert, Tante Belinda. Das ist kein einfacher Boykott mehr.«

»Wie immer man vorgehen wird, jedenfalls bleibt Gewaltanwendung bei Frauen ausgeschlossen«, sagte Belinda dankbar. Mit dem Stolz der hier Ansässigen fügte sie hinzu: »Aber ich glaube, Ann, Sie werden die Leute hier bemerkenswert originell und einfallsreich finden.«

»Das wird sie ohne Zweifel.« Bill sah sie mit dieser erbitterten inneren Belustigung an. »Die Sache mit der Klinik ist was Neues, Doktor. Auf eines konnten sich die Eindringlinge nämlich bis jetzt verlassen, daß ihr Job arbeitsmäßig recht angenehm war. Tatsache ist, kein einziger bekam etwas zu tun. Sie hatten keinen einzigen Patienten auf Inishcarrig, weder in der Klinik noch außerhalb. Ein paar dieser treuen alten Seelen wären sogar wirklich beinahe klaglos für uns gestorben, aber zum Glück half ihnen ihre robuste Natur.«

Ann erwiderte, ohne zu lächeln: »Die Inselbewohner sind wohl kaum so kindisch, wie Sie sie hinstellen, Doktor. Glücklicherweise können sie ja immer noch Sie hier konsultieren.«

»Ich bin nicht der Narr, der ohne Bezahlung das Gewissen der Behörde beruhigt. Nein, Doktor, auf Inishcarrig bin ich nur in Ferien.«

Ungeduldig rief Belinda aus: »Doktor, Doktor, Doktor! Können wir das nicht endlich lassen? Ich habe schon gesagt, dieses Wort macht alles unnötigerweise nur noch schwieriger.«

»Es ist uns anscheinend zur lieben Gewohnheit geworden, seit wir uns anonym, wie es dem Berufsethos entspricht, im Vorzimmer des Einstellungskomitees begegneten, Tante Belinda, aber ich glaube auch, wir könnten das jetzt fallenlassen. Was meinen Sie, Ann?«

Ann konnte die Gereiztheit, die in ihr aufwallte, nicht ganz unterdrücken. »War es unbedingt nötig, daß Sie damals diese ethisch bedingte Anonymität so gewissenhaft aufrechterhielten?«

»Mein liebes Mädchen, Sie werden mir doch nicht unterstellen, daß ich einen Mitbewerber vorsätzlich abschrecken will.«

Es war aussichtslos, einen schlagfertigen Iren aus der Fassung bringen zu wollen. Ann beruhigte sich und brach auf, um ihrer Pflicht als Amtsärztin auf Inishcarrig nachzukommen.

Die kleine Klinik mit ihren zwei Räumen war in unmittelbarer Nähe von Grangemore und relativ neu. Ann trat direkt in den Warteraum voller Patienten ein, denn es gab keinen Flur. Ihr munteres »Guten Morgen« wurde mit Schweigen quittiert. Die Menge machte Platz, so gut es ging, aber der Durchgang zur Tür mit dem Schild »Sprechzimmer« war mühsam.

Darin stand Schwester Ellen Driscoll dienstbereit neben dem Schreibtisch. Sie war eine hochgewachsene, gutaussehende Frau von dreißig Jahren mit glatter sonnengebräunter Haut und straff zurückgebürstetem schwarzem Haar, das sie, wie alle Inselbewohnerinnen, zu einem Knoten aufgesteckt hatte. Sie strahlte etwas Zigeunerhaftes aus, und man spürte in ihr ein derart wildes, äußerlich freilich streng gebändigtes Temperament, daß der altmodische gestärkte weiße Kittel und die Haube gänzlich fehl am Platz wirkten. Sie beantwortete Anns Gruß mit einem tonlosen »Guten Morgen, Dr. Morgan« und zeigte ihr die verschiedenen Gerätschaften. Ihre Bewegungen, schnell und geschmeidig, waren völlig beherrscht, als wollte sie nur durch Willenskraft ihre starken Gliedmaßen den Abmessungen des kleinen Zimmers anpassen, das sie wie ein Käfig gefangenhielt. Alles war sauber und ordentlich, aber Ann bemerkte, daß Dr.

Charles sich medikamentös offenbar allein auf Aspirin, Wismut und Eisen verlassen hatte.

Es war eine bestürzende Erkenntnis, daß sie nun nicht mehr in einer Ärztegruppe unter Anleitung älterer Vorgesetzter mit den modernsten diagnostischen Geräten und Heilmitteln zur Seite arbeitete, sondern allein, ganz allein, die Verantwortung für Leben und Tod zu übernehmen hatte, und unter dem Druck dieser Einsicht versuchte sie, Schwester Driscoll freundlich anzulächeln.

»Das ist meine erste Erfahrung mit einer Arztpraxis außerhalb eines Krankenhauses, Schwester. Und es ist natürlich auch meine erste Erfahrung mit irischen Patienten. Ich brauche wohl nicht zu sagen, daß ich für jede Hilfe von Ihrer Seite sehr dankbar wäre.«

Ellen Driscoll erwiderte ihr Lächeln nicht. »Wir hier auf dieser Insel betrachten uns selber eher zu Inishcarrig gehörig als zu Irland. Ich werde Ihnen natürlich jede Hilfe zukommen lassen, zu der ich durch Vertrag verpflichtet bin.«

»Ich verstehe«, sagte Ann, die nur allzu gut verstand. »Lassen Sie bitte den ersten Patienten eintreten.«

Inishcarrig beherbergte offenbar einen erstaunlich großen Prozentsatz an Neurotikern und Hypochondern. Die wenigen Fälle von Bronchitis, Rheuma und Verdauungsstörungen wurden bei weitem übertroffen von Klagen über eine Art

Schwindel, Knirschen in der Wirbelsäule, Druck auf der Brust, Zucken im Darm und so ein komisches Gefühl in allen möglichen Teilen des Körpers, die der Laie bezeichnen kann, und vor alledem hätte zweifellos die geballte Intelligenz in Anns vorherigem Krankenhaus kapituliert.

Ann fing an, jeden einzelnen Patienten genauestens zu untersuchen, aber als diese robust aussehenden Invaliden einer nach dem anderen ins Sprechzimmer strömten, erkannte sie schließlich, was gespielt wurde. Dennoch aber, der Warnung eines Professors eingedenk, immer auf den einen offensichtlichen Simulanten unter tausend zu achten, der wie ein hundsgemeiner Falschspieler aus heiterem Himmel stirbt, blieb sie dabei, sich über jeden einzelnen Klarheit zu verschaffen. Als der letzte gegangen war, lehnte sie sich erschöpft zurück, richtete sich aber sofort wieder auf, als sie die Befriedigung in den schwarzen Augen ihres Gegenübers glimmen sah.

»Es sind verschiedene Hausbesuche zu machen, Dr. Morgan.« Schwester Driscoll nahm eine Liste aus der Tasche und legte sie auf den Tisch. »Zehn.«

Ann unterdrückte ihren heftigen Protest und sagte so ruhig wie möglich: »Diese Inselbewohner sind ein ungewöhnlich gebrechlicher Menschenschlag.«

»Manchmal.«

»Sind dringende Fälle dabei?«

»Sie halten sich alle für dringende Fälle.«

»So viele gefährliche akute Fälle zur gleichen Zeit sind wohl kaum denkbar. Können Sie mir etwas über ihre Beschwerden sagen?«

»Nein, Dr. Morgan.«

»Gehört es zu Ihrem Pflichtenkreis, sich darüber zu informieren, wenn Sie die Forderung nach einem Hausbesuch aufnehmen?«

»Wenn es mir aufgetragen wird.«

»Dann trage ich es Ihnen hiermit für alle Zukunft auf. Anscheinend kam keiner der Anrufe aus dem Dorf?«

»Sie kamen von überall auf der ganzen Insel.«

»Wie zu erwarten war. Ich nehme an, es gibt einen Ambulanzwagen. Wo steht er?«

»In meiner Garage. In meinem Haus in Dunbeg. Ich benutze ihn bei meinen Patientenbesuchen, Dr. Morgan. Außerdem für den Krankentransport zum Hafen für Leute, die ins Krankenhaus auf dem Festland eingeliefert werden müssen.«

»Verstehe. Da er Eigentum des Öffentlichen Gesundheitsdienstes ist und nicht Ihnen gehört, werde ich das Ministerium davon unterrichten, daß ich ihn ab sofort in Grangemore unterstelle, weil ich ihn jetzt notwendiger brauche. Vielleicht leihen Sie sich ein Fahrrad, Schwester, bis ich meinen Wagen herübergeholt habe.«

Ellen Driscoll hielt ihre Hände krampfhaft gefaltet wie in einer übermenschlichen Anstrengung, sie von Anns Kehle fernzuhalten. Ausdruckslos sagte sie: »Jawohl, Dr. Morgan.«

Obwohl Ann ausgelaugt war und Hunger hatte, machte sie sich sofort auf, um den Wagen zu übernehmen, da sie fürchtete, er könnte sonst auf einmal nicht mehr betriebsbereit sein. Zuerst fuhr sie zum Hafen, um ihr Gepäck zu holen. Es war durchnäßt, aber sonst unversehrt. Als sie den Wagen vor Grangemore abstellte, stand Bill mit hochgezogenen Augenbrauen in der Haustür. Ann stieg aus und machte eine beiläufige Bemerkung über das Wetter. Als sie die Türen öffnete, um auszuladen, kam er ihr zu Hilfe. »Kluges Mädchen!«

»Sie wollen doch nicht durch mich zum Streikbrecher werden?«

»Niemand kann erwarten, daß Sie die lokalen Feinheiten verstehen. Da nun das Zeug tatsächlich in meinem Hause gelandet ist, darf ich es mir erlauben, ein Gentleman zu sein.«

Als sie in Grangemore eintrat, sagte Gillian verstört: »Lieber Gott, Ann, wo bist du denn geblieben? Ich war in Sorge und hab mir schon überlegt, was passiert sein könnte. Wir haben schon vor einer Ewigkeit gegessen.«

»Ich hatte einen schweren Tag in der Klinik und hatte lange zu tun.«

Belinda sagte unbewegt: »Das glaube ich Ihnen aufs Wort.« Mit weit aufgerissenen Augen sagte Jane unschuldig: »Sie haben sicher nie erwartet, daß Sie hier so ungemein beliebt sind, Dr. Ann.« Belinda fuhr ihr scharf in die Parade. »Genug ist genug, Jane. Ann, Sie sehen aus, als ob Sie gleich umfallen. Los, Bill, gib dem Mädchen sofort noch einen Schluck Brandy!«

»Vielen Dank, aber ich glaube, ich kann auch ohne berauschende Elixiere mit meiner ungemeinen Beliebtheit fertig werden. Um so mehr, als ich noch einige Hausbesuche zu machen habe.«

»Sie haben den dicksten Dickschädel, den ich je gesehen habe«, sagte Belinda ärgerlich, »aber wie unverwüstlich Sie sich auch vorkommen mögen – essen müssen Sie allemal, um am Leben zu bleiben, und ich habe keine Lust, eine Leiche im Haus zu haben. Also rühren Sie sich nicht aus dem Zimmer, bis Sie was gegessen haben. Ich werde mal nachsehen, was wir für Sie haben.«

Mit ihrer hellen Glöckchenstimme sagte Gillian: »Bitte bemühen Sie sich nicht, Miss O'Malley. Ich werde meiner Schwester selber etwas zu essen machen.«

Bridget Dunne kam mit einem vollbeladenen Tablett herein. Gereizt bemerkte sie: »Niemand kommt mir in meine Küche und bringt mir alles durcheinander.« Sie setzte das Tablett auf den Tisch. Ihr Kopf senkte sich auf die Höhe von

Anns linkem Ohr. »Kein Mensch wird jemals den O'Malleys nachsagen können, sie hätten die Schande auf sich genommen, einen Fremden, und sei es der Abschaum der Gosse, hungrig aus Grangemore ziehen zu lassen!«

Es dämmerte bereits, als Ann ihre Hausbesuche hinter sich hatte. Als sie die Treppe hinaufging, um sich schlafen zu legen, schmerzte sie jedes einzelne Glied. Um ein Uhr nachts klingelte das Telefon neben ihrem Bett, und jemand rief sie zum fernsten Punkt der Insel. Lautes Klopfen an der Wohnungstür um vier Uhr morgens holte sie abermals zu einem Krankenbesuch aus dem Bett.

Die Jagd auf Inishcarrig hatte begonnen. Ein baldiger Abschuß war sicher.

5

Innerhalb weniger Tage badete sich Gillian in dem seligen Gefühl, das hübscheste Mädchen weit und breit zu sein. Schon gleich, als diese widerliche Jane sie herumzerrte, um ihr die Insel zu zeigen, die sie offenbar für das achte Weltwunder hielt, spürte sie, wie sie bewundert wurde. Von den Männern natürlich. Die pummeligen, dunkelgekleideten Frauen übersahen sie und taten so, als wäre sie Luft, und das war zu verstehen.

Bei der Rückkehr von dieser blödsinnigen Fremdenführung begegneten sie Mike Hanlon. Gillian schaute ihn an, und er schaute sie an, und plötzlich war es die junge Miss O'Malley, die sich in ihrem eigenen Inishcarrig kaltgestellt sah. Jane drängte sie nach Hause, aber am nächsten Tag machte sich Gillian allein auf, um Mike zu treffen. Er faßte sich tatsächlich ein Herz und fragte sie, ob sie Lust habe, sich sein Fischerboot anzusehen. Sie dachte, das sei im Jargon der Insel so etwas wie eine Einladung, sich seine neuesten Platten anzuhören. Doch dem war nicht so. Hier war Inishcarrig, und er zeigte ihr in der Tat nichts weiter als seinen Fischkutter.

Als sie wieder auf Deck standen, fragte sie ihn: »Hast du keine Angst, daß sie dich deswegen lynchen?« Er grinste. Er war weder schlagfertig noch witzig, aber was soll's, in dieser Wüste war er ein Geschenk des Himmels. »Du scheinst der einzige in diesem vorsintflutlichen Kaff zu sein, der nicht unter der Fuchtel der Alten steht. Es sind doch die Alten, die sich über diese O'Malley-Geschichte so wahnsinnig aufregen?«

»Die O'Malleys sind in Ordnung.« Stirnrunzelnd grübelte er nach. Über seine Langsamkeit hätte Gillian aus der Haut fahren können, wäre sie nicht gerade damit beschäftigt gewesen, ihn einzufangen, so wie er das mit den Fischen machte. »Ich glaube, den meisten Jungs ist die Geschichte sowieso egal. Den Mädchen übrigens auch.«

»Völlig klar. Es sind immer die Leute von gestern, die wollen, daß alles beim alten bleibt, ob's um Ärzte geht oder sonst was. Wär ja auch nicht so wichtig, wenn sie nicht darauf beharrten, daß auch kein anderer irgendwas ändern darf. Das hab ich gemeint, denn die anderen in deinem Alter, die tanzen doch alle nach deren Pfeife. Sieh mal, abgesehen von Ann – Jeremy und ich, wir beide sind nur gezwungenermaßen hier«, sagte Gillian bedrückt, »also uns können sie doch nicht vorwerfen, daß wir den O'Malleys was wegnehmen wollen. Ich find das ungerecht, daß uns die Leute so schikanieren.«

»Ich will dich nicht schikanieren!«

»Wirklich ein Segen, daß ich dich getroffen habe.« Gillian lächelte ihn strahlend an. Doch dann ließ sie den Kopf wieder hängen. »Aber wie oft wirst du weg sein mit deinem Boot, zum Fischefangen, und dann – o Mike, ich halte das hier nicht aus. Ich werde Ann sagen, daß ich nicht hier bleiben kann.«

Diesmal war er nicht so langsam. »Ach, das wäre aber schade. Jetzt hier wegzugehen, gerade wo der Sommer kommt! Hör mal, heute abend ist Tanz bei Barry. Du würdest sicher nicht ... also was hältst du davon?«

»Mike, ich fänd's herrlich, aber die bringen mich doch um.«

Er grinste breit. »Die Mädchen vielleicht.«

Was bin ich doch für ein gerissenes kleines Biest, sang es in Gillian auf ihrem Heimweg. Sie hatte ihren Fisch fest im Netz. Und sie fühlte sich sehr gerissen, als Bridget fassungslos vor Staunen eintrat und meldete, draußen stehe Mike Hanlon, um sie abzuholen. Sie schenkte Jane ein süßes Lächeln und ging.

Die große Halle mit Blechdach auf der Rückseite von Barrys Haus war der Schauplatz aller Veranstaltungen auf Inishcarrig, und hier fand auch der Tanzabend statt. Die Kapelle bestand aus einem kleinen Buckligen, der seinem Akkordeon Töne entlockte, die wie ein ganzes Orchester klangen, und zwei Geigenspielern. Gillian war sicher, sie würde sich zu Tode langweilen, doch zugleich entschlossen, sich das nicht anmerken zu lassen, denn sie fand es wichtig, sich Sympathien zu verschaffen. Aber es war gar nicht nötig, den Leuten etwas vorzuspielen, denn von Anfang an unterhielt sie sich glänzend und stellte zu ihrer freudigen Überraschung fest, daß ihre vorbehaltlose Teilnahme am allgemeinen Vergnügen und die Überzeugung, daß sie selbstverständlich dazu gehöre, die einfachste und schnellste Methode war, sofort von allen akzeptiert zu werden.

Als Jeremy sich soweit erholt hatte, daß er auch für anderes als seine eigenen Leiden Interesse zeigte, nahm Gillian am gesellschaftlichen Leben, das Inishcarrig zu bieten hatte, bereits voll teil. Mißbilligend sah er sie durchs Zimmer flitzen. »Ich verstehe nicht, wie du dich bei diesen Rübenschweinen anbiedern kannst. Hätte ich nicht für möglich gehalten, daß du uns so in den Rücken fällst.«

»Begreifst du denn nicht, das ist die beste Taktik, um Ann zu helfen.« Jeremy lächelte verächtlich. »Na schön«, sagte Gillian, »natürlich mach ich's auch, weil ich verrückt werde, wenn ich wie im Käfig sitze, aber ehrlich, ich habe auch an Ann gedacht.«

Nachdenklich sagte er: »Der alte Eiszapfen sieht ziemlich schlecht aus.«

»Die wollen sie fertigmachen. Aber zum Glück haben sie die nächtlichen Anrufe eingestellt, denn dadurch wurden auch die teuren O'Malleys wach, und das fanden sie gar nicht komisch. Aber jeden Tag muß sie raus. Warte nur, bis du die Furie siehst, mit der sie zu tun hat.«

Sie lachten leise. Der Wagen der Morgans sollte mit der nächsten Fähre herübergebracht werden, damit Schwester Driscoll wieder vom Rad auf ihren Ambulanzwagen umsteigen konnte. Jane hatte Gillian düster gewarnt. »Das wird Ellen Driscoll deiner Schwester nie verzeihen. Die soll mal sehr wachsam sein. Selbst ich möchte Ellen nicht zur Feindin haben.«

Gillian tat das mit Verachtung ab. »Diese Driscoll war ja gleich von Anfang an nicht gerade sehr freundlich, soviel ich weiß. Ann macht sich bestimmt nichts draus. Schwester Driscoll hat ja auch sofort klein beigegeben, als Ann ihr klipp und klar Bescheid sagte.«

»Na klar, sie darf's nicht so weit kommen lassen, daß Ann sich offiziell beim Ministerium über sie beschwert, denn einen Rausschmiß will sie nicht riskieren. Sie könnte die besten Jobs haben, sie ist eine erstklassige Krankenschwester, aber sie rührt sich nicht von Inishcarrig weg. Sie wartet hier, bis sie endlich nach Bills Sieg täglich mit ihm arbeiten kann.« Jane machte eine dramatische Pause. »Sie ist wahnsinnig verknallt in ihn.«

»Na, da wünsche ich dir viel Vergnügen mit dieser zukünftigen Schwägerin.«

»Ach, das ist hoffnungslos. Alle Mädchen sind

leidenschaftlich in Bill verliebt«, sagte Jane hochmütig, »aber keine hat eine Chance.«

Das alles erzählte Gillian ihrem Bruder. Er schlug auf seine Kissen ein in einem vergeblichen Versuch, eine bequemere Lage zu finden. »Ich bin sicher, die Driscoll ist nicht schlimmer als alle anderen hier. Die Sache ist einfach die, daß diese Inishcarriger noch nicht zivilisiert sind, Gilly, und damit hat's sich. Na ja, noch ein, zwei Tage, und dann kriegen sie's mit mir zu tun.«

»Wie sich das anhört! Willst du sie alle einzeln vertrimmen?«

»Genau das. Ich werd's mit jedem einzelnen aufnehmen, wenn's sein muß.«

»Das würdest du bestimmt«, sagte Gillian nachsichtig, »aber was ich dir begreiflich machen will, das ist, daß Propaganda oft eine bessere Waffe ist als Fäuste, und ich kämpfe mit Propaganda.« Sie stand dicht neben dem Bett, was immer eine gute Ausgangsstellung ist, um den ans Bett Gefesselten zu belehren. »Versteh doch, Jeremy, wenn diese Leute hier uns beide akzeptieren, dich und mich, dann könnten wir doch gemeinsam die Inselgesellschaft in aller Ruhe unterwandern!«

»Hm. Ach, ich weiß nicht.« Jeremy wand sich in seinem Bett, um ein kühles Fleckchen zu finden, doch ohne Erfolg. »Ist dir schon mal aufgefallen, wie komisch das ist, daß wir uns auf einmal um den alten Eiszapfen Sorgen machen?«

»Na ja, sie ist ziemlich schlimm, aber wir können unmöglich dabeistehen und zusehen, wie diese blutrünstigen Wilden auf ihr herumhacken, oder?«

Bridget kam mit einem zugedeckten Teller auf einem Tablett herein. Sie hatte den mürrischen Gesichtsausdruck, der für die Morgans reserviert war. »Sie reden zuviel mit Ihrem Bruder, Gillian, das ermüdet ihn nur.«

»Armes Kerlchen! Soll ich dir die Furie raufschicken, Jeremy, damit sie dir die Stirn abwischt?« fragte Gillian und huschte hinaus.

»Flittchen, die!« sagte Bridget angewidert. »Läuft rum und macht jedem Mannsbild zwischen sieben und siebzig schöne Augen.«

»Das kann man auch andersherum sehen, Biddy. Meine Schwester ist doch sehr hübsch.«

»Wer den englischen Stil mag, für den vielleicht. Und ich hab's schon mal gesagt: Du sollst mich nicht Biddy nennen.«

»Ich bitte um Verzeihung, Miss Dunne.«

»Und jetzt raus mit dir, damit ich dein Bett machen kann, bevor du ißt. Und tu bloß nicht so schwach!« sagte Bridget, als Jeremy sich zum Sessel tastete.

»Ich bin aber schwach.«

»Du willst nur beachtet werden, weiter nichts. Heilige Mutter Gottes, wie kann man sein Bett bloß so zerwühlen?«

»Ich werfe mich halt im Delirium hin und her, Miss Dunne.«

»Einfach ›Bridget‹ bitte, das genügt. Wenn du mir weiter so frech kommst, dann verschwinde ich, aber mit dem Tablett.«

»Das wäre ein gräßlicher Verlust. Was haben wir denn heute für eine Süßspeise, appetitlich rosa oder appetitlich weiß?«

»Geh wieder ins Bett und schau selber nach«, sagte Bridget und hob den Deckel von der Fleischpastete.

»O Bridget, die glauben tatsächlich, daß ich am Leben bleibe.«

»Iß jetzt auf. Ist dein Lieblingsessen, hast du gesagt.«

»Sie Engel, Sie haben behalten, was ich im Fieberwahn herausgekeucht habe.«

»In diesem Haus würde sogar das allergemeinste Subjekt noch gepflegt, wenn es krank wäre.«

»Ach Unsinn. Sie lieben mich doch. Sie bedienen mich von oben bis unten. Ich bin Ihr Herzensbubi.«

»Hör sich einer das an!« Bridget drehte die Augen himmelwärts. »Du wirst bald merken, ob du mein Herzensbubi bist, du eingebildeter Nichtsnutz.«

»Heißt das, Sie lieben mich nicht mehr, wenn ich gesund bin?«

»Schling nicht so gierig und versuche zu essen

wie ein Gentleman. Ich will nur sagen, wenn du gesund bist, wird alles ganz anders aussehen.«

»O Bridget, liebe Bridget, ich glaube, es wird noch lange dauern, bis ich wieder aufstehen kann.«

Kaum hatte sich Jeremy satt und zufrieden unter die glatten Laken gekuschelt, als Belinda O'Malley hereinkam. »Man sagt mir, du hast deine erste richtige Mahlzeit gehabt, Jeremy. Ich hatte Bridget gedünsteten weißen Fisch oder ein wenig Hühnerbrust vorgeschlagen, aber sie wollte nichts davon hören. Wahrscheinlich hat sie gut daran getan, psychologisch gesehen, wenn auch nicht im Hinblick auf Verdaulichkeit.«

»Oh, Bridget würde sich bemühen, in jeder Beziehung das Rechte zu tun, Miss O'Malley. Sie glaubt, in diesem Haus würde sogar das allergemeinste Subjekt noch gepflegt, wenn es krank wäre.«

»Meine Güte, wie schnell du dich erholt hast!« Sie sahen sich an, und in beiden Augenpaaren stand die Frage, wie es weitergehen würde. »Na ja«, sagte Belinda unbestimmt, »man wird sehen.«

Ein alter Drachen war sie jedenfalls nicht. Um die Einstellung, die man den O'Malleys gegenüber billigerweise haben sollte, überhaupt durchzuhalten, hätte man sich pausenlos ins Gedächtnis rufen müssen, daß sie im Grunde für alle Schwierigkeiten der Morgans verantwortlich zu machen waren.

Vor allem aber mußte man sich immer wieder sagen, daß die wesentliche Ursache allen Unheils dieser Bill war. Bill schaute inzwischen oft herein. Jeremy hatte ihn recht gern. Das heißt, er hätte ihn gern gehabt, wären die Umstände anders gewesen. Bill war solch ein lebendiger, lebensbejahender Bursche und so vertrauenerweckend, daß Jeremy ganz ungezwungen etwas sagte, ohne zu bedenken, daß das unter Umständen als ein Plädoyer für Ann ausgelegt werden könnte, obwohl Jeremy so etwas natürlich nie über die Lippen bringen würde. Er sagte: »Ich verstehe einfach nicht, daß ein Mann wie Sie seinen Lebensinhalt darin sieht, auf Inishcarrig den Doktor zu spielen.«

»Ich habe überhaupt keine Lust, irgendwo auf der Welt mein Leben lang den Doktor zu spielen, aber zufällig hab ich das eben gelernt. Bin darauf hingetrimmt worden, von der Wiege an, alter Freund.«

»Oh!« Was für eine Erleichterung, endlich mit jemandem zu reden, der einen verstand. »Ich sitz nämlich im selben Boot.«

»So was Ähnliches hab ich mir gedacht. Wir haben beide unsere Stammväter.«

»Ist doch komisch, was? Da haben wir also zwei lange Ahnenreihen mit lauter Medizinern im Glorienschein.«

»Glorienschein ist gut! Mein hochgeschätzter seliger Vater kam hier nur zurecht, weil er ein

O'Malley war.« Er schaute Jeremy mißlaunig an. »Ich glaub nicht, daß unsere blauäugigen Idealisten uns absichtlich manipulieren wollten, sie wußten's nur nicht besser.«

»Also mich zwingen sie nicht zum Medizinstudium, bloß ... ich weiß nicht, was ich sonst tun soll. Deswegen werde ich auch das blöde Gefühl nicht los, wenn ich kneife, laß ich die ganze Sippschaft im Stich.«

»Der Morgansche Märtyrer-Komplex.« Bill schüttelte teilnahmsvoll den Kopf. »Hochgefährlich und manchmal, kann man sagen, sogar tödlich, mein armer Junge, und leider kann ich da gar nichts tun. Ich wurde auch nicht zur Medizin gezwungen, ich rutschte einfach den rutschigen Hang hinter meinen Ahnen hinunter, ohne lange nachzudenken. Aber damals kam für mich sowieso alles auf dasselbe heraus, denn ich wurde leider nicht als gutbetuchter Gentleman geboren, was eigentlich meine wahre Berufung ist.«

Später wurde es Jeremy bewußt, wie deprimierend es unter anderem für Ann sein mußte, daß sie und ihr einziger Kollege weit und breit sich nicht leiden konnten. Bills Weltanschauung mußte ihr wie Ketzerei vorkommen. Jeremy registrierte dankbar, daß sie ihn seit kurzem wieder ansah wie eine Schwester ihren Bruder und nicht mehr mit dieser auffallend gespannten Aufmerksamkeit wie am Anfang seiner Krankheit. Es war ihm höchst unangenehm gewesen, der Gegenstand solch professioneller Besorgnis zu sein, so wie es aussah, doch es wurde ihm klar, daß seine düsteren Vorahnungen vom drohend herannahenden Tod unbegründet waren, als Ann unbedacht sagte: »Dein Ausschlag breitete sich wunderbar aus, es war ein Fall wie aus dem Lehrbuch.«

»O bitte sehr«, rief Jeremy verärgert. »Immer zu Diensten, um der Wissenschaft zu helfen. Ich opfere mich mit Wonne. Vielleicht eine kleine Beulenpest gefällig? Aber gern. Mach ich für dich. Denk dir nur irgendwas aus.«

Sie lächelte nachsichtig und aufmunternd, wie man nur am Krankenbett lächelt und damit den Adressaten völlig rabiat macht. »Du kannst morgen schon mal aufstehen. Und wenn dann keine Ansteckungsgefahr mehr besteht und du wieder herumlaufen kannst, dann wirst du sicher viel Interessantes auf Inishcarrig finden. Inseln auskundschaften, das macht doch immer Spaß, oder?«

Der arme alte Eiszapfen! Sprach mit ihm, als wäre er ein neunjähriger Knabe ohne einen Funken von Humor. Das Beste, was man noch von dieser armen wohlmeinenden Törin sagen konnte, war wohl, daß sie wenigstens einen Ansatz machte, menschliche Züge zu zeigen, und das war schon mal ein gewaltiger Fortschritt. Sogar das Gesicht, das er bisher für etwas gehalten hatte, vor dem ein Mann sich schaudernd abwendet, war irgendwie sympathisch geworden, und dann erkannte er auch warum. Der Grund war einleuchtend. Es war nicht mehr so eisig. Es war abgespannt, da war sogar eine Spur von Traurigkeit, aber das Verblüffendste war wohl, daß es so etwas wie Güte auszustrahlen schien. Abgespannt, traurig und gütig! Meine Herren, diese Sauhunde hatten ihr, weiß Gott, das Rückgrat gebrochen! Ein Anfall von Besorgtheit, die er bei sich nie im Hinblick auf sie für möglich gehalten hätte, trieb ihn dazu, gegen alle Regungen der Selbstachtung zu sagen: »Vielleicht wär's wirklich besser, du machst hier Schluß und gibst auf. Auf die Dauer hältst du das nicht aus.«

»Doch!« sagte sie gelassen. »Mich zwingt niemand in die Knie.«

Als sie gegangen war, lag er da und dachte teils ärgerlich, teils sorgenvoll über sie nach, bis Jane hereinplatzte. Nichts hätte willkommener sein können. Wenn sie beide zusammen waren, blieb keine Zeit mehr, um sich Sorgen zu machen, denn sie waren vollauf damit beschäftigt, auf der Hut zu sein und nach einer Blöße des anderen zu spähen. Man brauchte sich auch nie zu überlegen, auf welcher Seite Jane stand, denn sie teilte es einem unablässig mit.

Schon sehr bald, als es ihm etwas besser ging und zugleich, hinter zugezogenen Vorhängen bei absolutem Leseverbot, stinklangweilig war, hatte sie es sich zur Gewohnheit gemacht, bei ihm hereinzuplatzen. »Ich will mir Verdienste erwerben«, hatte sie verkündet, »und zwar durch Werke christlicher Nächstenliebe wie zum Beispiel Krankenbesuche. Man darf vermuten, daß der Besuch eines kranken Feindes doppelt verdienstvoll ist. Ich glaube, da sind noch fünf oder sechs solcher Werke im Katechismus vermerkt, aber das einzige, an das ich mich sonst noch erinnere, ist, die Toten zu begraben. Es würde mich sehr freuen, wenn ich auch das für dich tun könnte, Jeremy Morgan.«

»Mach dir keine Hoffnung.«

»Doch. Ich habe mal in Bills großem Gesundheitslexikon unter Masern nachgeschlagen.« Sie nahm ein Blatt Papier aus der Tasche und las vor: »Komplikationen sind häufig.« Sie schaute auf. »Ich habe mir nur die schlimmsten aufgeschrieben, aber es gibt noch jede Menge unangenehmster Begleiterscheinungen minderer Sorte. Also, es geht los. Bronchiolitis mit beginnender Bronchopneumonie ist eine häufige Todesursache. Dann haben wir Blepharitis, phlyktänuläre Geschwüre, Enzephalomyelitis disseminata ...«

»Ich glaube, du sprichst das alles ganz falsch aus.«

»Sind ja auch schwere Wörter. Wo waren wir? Ah ja, disseminata mit einem oft schnellen tödlichen Verlauf. Hemiplegie, Aphasie oder Koma können eintreten, jedoch«, sagte Jane bedauernd, »relativ selten.«

»Ich bin überzeugt, du hast nicht die leiseste Ahnung, was das für Krankheiten sind.«

»Ist mir doch egal. Ich bekomm sie ja nicht.«

»Und auch sonst niemand außer im Lexikon deines Cousins.«

»Sie stehen aber drin, und das heißt, sie kommen vor. Ich hab zwar nie gehört, daß jemand so was bekommen hat«, gab Jane mit dem Ausdruck des Bedauerns zu, »aber es gibt immer ein erstes Mal. So wie ich das sehe, Jeremy Morgan, wäre es poetische Gerechtigkeit, wenn die Hand des Allmächtigen dich niederstreckte.«

»Ho! Ist er auch ein Lehnsmann der O'Malleys?«

»Notgedrungen steht er auf der Seite des Rechts«, sagte Jane salbungsvoll. »Doch fürchte dich nicht, Jeremy Morgan. Ich versichere dir, wir werden glänzend mit dir fertig, auch ohne den Allerhöchsten zu bemühen.«

»Fabelhaft sportlich von euch!« Jeremy schloß die Augen. Er machte sie wieder auf, als er Janes Schritte hörte. Alles, sogar diese Jane O'Malley, war besser, als nur müßig herumzuliegen. In der Tür stehend, sagte sie förmlich: »Man hat mir eingeschärft, dich nicht zu ermüden, das sei nicht gut für dich.«

»Wie bin ich bloß auf die Idee gekommen, daß

es dir ähnlich sehe, der Hand des Allmächtigen noch einen kleinen Schubs extra zu geben?«

»Ich bin zwar nicht darauf versessen, dich am Leben zu erhalten«, erklärte Jane, »aber auch auf Inishcarrig gibt's eine Grenze, vor der wir haltmachen.«

»Die mußt du mir gelegentlich mal zeigen.«

»Die wirst du schon selber finden. Morgen komme ich wieder, um die Werke christlicher Nächstenliebe fortzusetzen.«

Von da an besuchte sie ihn dauernd. »Die warnen mich immer noch, ich soll dich bloß nicht müde machen«, sagte sie, »aber über Masern weiß ich mehr als die. Ich hab sie vor fünf Jahren gehabt, und ich weiß aus Erfahrung, daß selbst ein längerer Besuch dir nur guttut. Er möbelt dich auf. Das ist doch eine Schande, daß die darauf bestehen, dir das Licht fernzuhalten, wenn's schon längst nicht mehr nötig ist. War ziemlich dämlich von dir, so eine Kinderkrankheit erst mit sechzehn einzufangen, Jeremy Morgan. Da ist sie nämlich richtig schlimm.«

»Man kann sich wohl kaum eine bestimmte Zeit aussuchen, wann man Masern haben will.«

»Ohne eigene Initiative natürlich nicht. Ich bekam meine, weil ich mich zu einer Freundin mit Masern ins Bett legte. Ich wollte einen kleinen Urlaub von der Schule. Ah«, sagte Jane und seufzte, »hätte ich nur damals gewußt, wie hoch der Preis dafür ist. Ich habe übrigens was zum Vorlesen mitgebracht. Das fällt mir leichter, als die ganze Zeit zu reden.«

»Das ist doch keine Anstrengung für dich, du redest doch wie ein Wasserfall. Was hast du denn für ein hübsches Buch? Deine Biographie?«

»Jeremy Morgan, deine Witzchen sind von jämmerlicher Banalität. Ich werde dir etwas aus der Geschichte meiner Ahnen vorlesen. Hier geht's um eine Ahnfrau, die berühmteste in unserer Familie, Grace O'Malley, eine Piratenkönigin, die eure Elizabeth I. mit Hohn übergoß.« Jeremy erfuhr, daß diese Grace O'Malley tatsächlich ein wüstes Weib gewesen sein mußte, die niemandem, nicht einmal ihren Ehemännern erlaubte, sich ihr in den Weg zu stellen, ein Ungeheuer, das in Blut watete.

»Jetzt weißt du's!« sagte Jane schließlich und klappte das Buch zu. »Vielleicht siehst du jetzt ein, daß es Wahnsinn ist, sich gegen die O'Malleys zu stellen.«

Jeremy kam ein genialer Gedanke. »Da hat deine tolle Puppe aber mordsmäßig Glück gehabt, daß sie nie gegen meinen Piratenahnen aufgelaufen ist, der tobte nämlich ungefähr zur gleichen Zeit herum.« Jane runzelte die Stirn und sah ihn mißtrauisch an. »Na komm, kleine Jane, du wirst mir doch nicht erzählen, du hättest noch nie von Morgan, dem Fürsten der Seeräuber, gehört? Allgemein bekannt«, fügte er beiläufig hinzu, »als Feuerbart.«

»Feuerbart dein Vorfahre? Du spinnst wohl!«

»Diese O'Malley-Mieze deine Ahnfrau? Du spinnst ja selber.«

Jane gewann ihre Fassung zurück. »Eigentlich schade, daß er nicht wirklich dein Vorfahre ist, denn wär er's gewesen, dann würde dir die allernächste Zukunft wie im Playback zeigen, was im sechzehnten Jahrhundert passiert wäre, hätten sich damals schon die Wege der O'Malleys und der Morgans gekreuzt.«

»Ja, genauso denke ich auch, wenn ich an deine Pseudo-Ahnfrau denke.«

»Jeremy Morgan, ich setze meine Glaubwürdigkeit und die Ehre der O'Malleys auf unseren Sieg im augenblicklichen Kampf.«

In der Hoffnung, noch schnell etwas über den Halsabschneider Feuerbart nachlesen zu können, bevor ihm Jane auf die Schliche käme, machte Jeremy den gleichen Einsatz von der Morgan-Seite aus.

6

In den ersten Wochen dachte Ann oft daran, was ihr auf dieser verrückten Insel am meisten geholfen hatte, bei Verstand zu bleiben; es war die Tatsache, daß es wenigstens noch eine weitere vernünftige Person auf Inishcarrig gab. Selbst von weitem war ein flüchtiger Blick auf Edward Fenton eine tröstliche Erinnerung daran, daß jenseits dieser wilden Küsten noch eine ganze Welt mit einem geistig gesunden Menschenschlag existierte.

Am Morgen nach der Ankunft der Morgans in Grangemore hatte Edward Fenton einen Besuch gemacht, um sich des Wohlergehens seiner Passagiere zu vergewissern. Er entschuldigte sich dafür, daß er sie am Kai zurückgelassen hatte.

»Sie können sich bestimmt ebensowenig wie wir vorstellen, was uns danach noch alles erwartete«, sagte Ann.

»Zumindest weiß ich jetzt über Ihre Schwierigkeiten Bescheid, Dr. Morgan.«

»Dann wissen Sie sicherlich auch: Je weniger Sie mit uns zu tun haben, um so besser für Sie«, gab ihm Gillian zu bedenken.

»Und wäre es dem Fortschritt meiner Untersuchungen hinderlich, so schmeichle ich mir, wäre ich dennoch kaum so feige, meine Landsleute zu verleugnen«, sagte Mr. Fenton und sah dabei sehr englisch aus. »Jedoch, es ist ohnehin keine Furcht am Platze. Diese Inselbewohner haben eine ganz merkwürdige Mentalität.«

»Na wem sagen Sie das?« fragte Gillian.

»Nun, die Erfahrungen, die ich beim Studium verschiedener ziemlich primitiver Dialekte gewinnen konnte, machen es mir leichter als Ihnen, mich in merkwürdige Mentalitäten einzufühlen. Ein Beispiel: Als ich Miss Julia Casey sagte, daß ich Sie zu besuchen gedenke, zuckte sie nicht mit der Wimper. Wie ich vorausgesehen hatte. Und ich weiß genau, daß sie mir ihre besonders feinen Kartoffelpfannkuchen zum Tee machen wird.« Die Augen hinter der Hornbrille zwinkerten verschmitzt, als er die Wirkung seiner Worte sah. »Man muß verstehen, so wie diese Inselbewohner absolut loyal sind, so respektieren sie auch die Loyalität anderer. In diesem Sinne, zumindest, denken sie ganz logisch. Ich fiele doch der Verachtung anheim, sollte ich in den Verdacht geraten, ich schreckte aus lauter Angst vor der Begegnung mit meinen Landsleuten zurück.« Er räusperte sich. »Zum Glück wird mir geglaubt, daß ich Sie aus reiner Unkenntnis mitnahm, und ich muß gestehen, ich habe durchblicken lassen, daß ich, falls ich besser informiert gewesen wäre, sicher Abstand davon genommen hätte. Aber ich lege Wert auf die Feststellung, daß ich mich keiner Unwahrheit schuldig gemacht habe, sondern nur die vorschnellen Folgerungen der anderen für mich nutzte. Diplomatisch sein«, sagte Mr. Fenton traurig, »ja, es korrumpiert uns alle. Ich habe ebenfalls durchblicken lassen, daß unser Kontakt lediglich auf derselben Nationalität beruht. Darüber hinaus, so die unausgesprochene Abmachung, bin ich streng neutral. So ist es am einfachsten für mich, und nur so kann ich Ihnen von Nutzen sein. Aber unter uns, meine Damen, ›Herrsche, Britannien, über die Wogen...‹.«

Er war sehr besorgt über Jeremy, als er von den Masern hörte, und stellte dazu eine Menge Fragen. Nun aber kam Belinda O'Malley ins Zimmer gerauscht, um in Augenschein zu nehmen, was sie vermutlich für die Massierung angelsächsischer Kohorten gehalten hatte. Doch Mr. Fenton gab sich ganz bescheiden und ließ gleich geschickt durchblicken, daß er völlig neutral sei, was Belinda auf der Stelle besänftigte. Als sie außerdem vernahm, daß er leidenschaftlich gern Schach spiele, war sie über die Maßen entzückt. Sie hatte seit dem Tod ihres Bruders nie mehr spielen können, sagte sie, und lud ihn hochgestimmt ein, jederzeit nach Grangemore zu kommen, wann immer er Lust verspüre, sie herauszufordern. Mr. Fenton antwortete, nach einem kleinen gekünstelten Hüsteln, daß er hoffe, sich ihrer Klinge würdig zu erweisen.

Auch Bridget Dunne streckte vor ihm sofort die Waffen. Was bei ihr zog, waren die Kartoffelpfannkuchen. Mr. Fenton freute sich schon auf den Nachmittag, wenn er die ersten seines Lebens kosten würde, doch Miss Casey hatte ihm schon eingestanden, daß ihre zwar gut seien, daß aber niemand in Inishcarrig die vortrefflichsten Kartoffelpfannkuchen mit so lockerer Hand zu backen wisse wie Bridget Dunne. Belinda O'Malley unterstützte Bridget, die ihn stolz einlud, am Nachmittag des nächsten Tages die ihren zu probieren. Mr. Fenton hüstelte und sagte, weder Himmel noch Hölle würden ihn abhalten, die versprochenen Köstlichkeiten zu genießen.

Bei Jane war es Inishcarrig. Es war kaum vorstellbar, wie Mr. Fenton es fertiggebracht hatte, so vieles in so kurzer Zeit zu sehen. Begeistert verbreitete er sich über die Schönheit der Insel, erwähnte, daß er sich die Freiheit genommen habe, einen Stein auf das Hügelgrab des Häuptlings zu tragen, und es fehlten ihm die Worte, seine Gefühle zu beschreiben, als er vor der Ruine des Großen Forts gestanden habe. »Das einzige, was ich vielleicht noch sagen kann: Ich habe vom Geist des Keltentums einen Hauch verspürt.«

Bill O'Malley, auf den Edward Fenton offensichtlich keine überflüssige Diplomatie verschwendet hatte, sagte eines Tages gereizt zu Ann: »Dieser Kerl ist der ärgste Phrasendrescher, den ich je gesehen habe, und dazu ein Langweiler, wie er im Buche steht.« Bill und Ann hatten sich auf dem Heimweg nach Grangemore getroffen und waren an der Klippenmauer stehengeblieben, um die Sonne, die für ein paar kostbare Minuten durch die Wolken gebrochen war, dankbar zu genießen. Unten im Hafen putzte Edward Fenton das Messing auf seinem Boot. »Könnte schwören, zu Hause in irgendeiner spießigen Vorstadt putzt der jeden Sonntagmorgen sein Auto.« Ann bemerkte, wenn das stimme, gereiche es dem Vorstadtbewohner um so mehr zur Ehre, daß er überall auf der Insel so schnell Persona grata geworden sei. Bill meinte, das sei nur auf den Seltenheitswert so früher Besucher auf Inishcarrig zurückzuführen. »Außerdem dient er sich jedem an und spielt den Kurier mit seinem Motorboot.« Er schloß sein vernichtendes Urteil ab: »So was nennt man hier ›harmloser Hornochs‹.«

Ann fand insgeheim, daß diese Beschreibung einigermaßen zutreffend war, schämte sich jedoch sofort bei dem Gedanken, daß die Insel ihr tückischerweise die hiesige grobe, primitive Wertordnung schon so weit aufgezwungen hatte, daß sie ihre hohe Achtung vor einem guten, lieben und vertrauenswürdigen Mann vergaß, vor einem Menschen, der in allem Wesentlichen Bill O'Malley weit überlegen war. Ob harmloser Hornochs oder nicht, Edward verstand es jedenfalls ausgezeichnet, mit den Leuten umzugehen. Schon die Tatsache, daß er von Anfang an Bills Unzugänglichkeit gegenüber seinen Avancen erkannt hatte, war ein Beweis für seine Menschenkenntnis. Ann hatte ziemlich lange gebraucht, um einzusehen, daß es sinnlos war, Bills unbegreiflichen Vorurteilen zu widersprechen. Keine seiner Meinungen, soweit Ann es beurteilen konnte, wurde von Tatsachen gestützt, ja er hätte sich sogar darüber lustig gemacht, daß jemand annehmen könne, er habe überhaupt eine Meinung. Sein Wesen war so konturenlos und ungreifbar wie der Dunst überm Meer, und wie Nebelschleier der Brise, so paßte er sich jeder vorübergehenden Laune an. Alles, selbst sein Beruf, war für ihn nur ein Witz. Ann sah entrüstet und zugleich bedrückt, daß ein reifer und so intelligenter Mensch nur im Genuß seinen Lebensinhalt fand. Bisher hatte sie immer nur jemanden gern haben können, den sie auch achtete, aber ehrlich, wie sie sich selbst gegenüber war, gestand sie sich ein, daß sie in Bill O'Malleys Gegenwart seinem Charme erlag wie jeder andere. Fern von ihm fiel es ihr leicht, ihn sachlich zu beurteilen, da fand sie auch nichts zu bewundern an ihm. Selbst die unbestreitbare Freundlichkeit gegenüber Jeremy, die ihn ja nichts kostete, war nichts weiter als ein Ausfluß seines überquellenden Charmes. Edward sah sie und winkte ihnen mit seinem Ledertuch grüßend zu. Ann lehnte sich an die Mauer und winkte zurück. Bills Hand hatte schon auf der Mauer gelegen, und zufällig streifte sie nun darüber. Sie nahm sofort ihre Hand zurück und schaute auf seine. Es war eine schöngeformte Hand, und sie konnte den Blick nicht davon wenden. Sie zwang sich, die anatomischen Einzelheiten der Hand zu registrieren, aber dieses Exerzitium half ihr auch nicht; es war eben mehr als ein komplexes Gefüge aus Knochen, Nerven und Sehnen. Es war Bills Hand. Sie ballte ihre eigene zur Faust. Zu spät wurde ihr bewußt, was mit ihr geschah. Viel zu spät, denn es war schon geschehen.

»Jetzt sehen Sie mal, was Sie angerichtet haben!« sagte Bill vorwurfsvoll, als Edward sich anschickte, den steilen Pfad zur Klippe hochzuklettern. »Der verdammte Kerl kommt tatsächlich rauf.«

Einen winzigen Augenblick lang blieb ihr Blick hingerissen auf seinem Gesicht, aber sie beherrschte sich sofort. »Nicht zu uns. Er holt Gillian ab und fährt netterweise mit ihr nach Cork.«

Zu Gillian und Jeremy war Edward sehr freundlich. Als es Jeremy wieder erlaubt war, auch über die Grenzen von Grangemore hinaus zu gehen, zeigte ihm Edward, wie man das Motorboot betreibt, und von da an durfte es Jeremy nach Belieben benutzen. Edward hatte auch Jane und Gillian schon nach Lishaven mitgenommen, von wo aus sie mit dem Bus nach Cork gelangten. Heute nahm er Gillian nach Cork zur Matinee eines Stücks mit, das Jane schon kannte. Zögernd sagte er zu Ann: »Ich würde Sie gern in meine Einladung einbeziehen, aber ich weiß nicht, ob das klug wäre.«

»Edward, wenn ich wirklich mit Ihnen führe, glauben Sie, die würden mich wieder zurückkommen lassen?«

»Ehrlich gesagt, ich zweifle daran.« Er schaute sie mit eulenhaftem Blinzeln an. »Und da mein Versuch, Sie zurückzubringen, jetzt nicht mehr mit meiner früheren Unkenntnis entschuldigt werden könnte, käme ich möglicherweise selber auch nicht mehr an Land.« Die Eulenaugen blickten ernst. »Ich fürchte, Sie haben es ziemlich schwer. Ich komme mir so unnütz vor, daß ich Ihnen in gar keiner Weise behilflich sein kann.«

»Das sind Sie aber doch! Sie helfen mit, Gillian und Jeremy bei Laune zu halten, und das bedeutet mir sehr viel.«

»Ich bin an diesen jungen Leuten sehr interessiert«, sagte Edward hintersinnig. »Ich freue mich wirklich darauf, daß Jeremy das Motorboot in allen Gangarten erproben wird, wenn man ihn wieder auf die Welt losläßt.«

»Sie wissen sicher, zu mehr als dieser einen Fahrt wird es auch gar nicht kommen.« Ann lächelte grimmig. »Der Waffenstillstand auf Grangemore endet an dem Tag, an dem er als gesund gilt.« Sie schob ihr Kinn nach vorn. »Ich muß ihn dann natürlich mit Gillian sofort von der Insel wegschicken, aber ich sage Ihnen, Edward, es mag vielleicht verrückt klingen wie alles auf Inishcarrig: Wenn ich auch allein in einem leeren Haus verhungern muß, dann soll's mir recht sein. Eher das, als nachzugeben, das schwöre ich Ihnen.«

»Es bedarf eines hohen Grades an Fanatismus, um freiwillig zu verhungern«, bemerkte Edward in seiner praktischen Art. »Hoffen wir, daß Ihr Eigensinn nicht auf die Probe gestellt wird.«

Während Gillian auf das kleine befriedigte Schmunzeln wartete, das Edward unweigerlich zeigte, wenn er den Motor angelassen hatte – Fenton, das Rennfahreras! –, dachte sie, wie ärgerlich es doch war, zwanzig Seemeilen von der Zivilisation getrennt zu sein beziehungsweise der Beinahe-Zivilisation, die Irland eben darstellte. Immerhin war sie schon froh, in diese Riesenstadt Cork zu kommen, und da wäre es ihr fast lieber gewesen, dieses blutrünstige Plappermaul von Jane dabeizuhaben wie voriges Mal, statt allein mit diesem strohtrockenen Edward die ganze Überfahrt festzusitzen.

Jedoch ergab sich überraschend eine lebhafte Unterhaltung. Gillian sah eine neue, gänzlich unerwartete Seite an diesem Mann, die er möglicherweise in Anwesenheit dieses Schulmädchens Jane aus einer Hemmung heraus nicht zeigen wollte. Im Widerspruch zu seinem steifen Gehabe und seiner druckreifen Sprache entpuppte er sich als interessierter, wacher Zeitgenosse und, gemessen an seinem Alter, mit progressiven und liberalen Ansichten über Studentenbewegung, Demos, Hasch, Porno und so weiter. Er meinte, der ganze Jammer sei heutzutage, daß nur noch ein Gebot von höchster Stelle hinabgereicht werde, und das heiße schlicht: Verboten! Natürlich wäre es besser, fuhr er fort, wenn junge Leute das manchmal respektierten, aber wenn sie dauernd herumgestoßen werden, dann rebellieren sie und handeln schon aus Trotz dagegen.

Gillian antwortete, das sei genau der Fall bei ihr; zum Beispiel wolle sie Mannequin werden und keine langweilige Tippse, da sei doch nichts dabei, und sie würde gern wissen, warum ihr das verboten werde. Nichts spreche dagegen, erwiderte Edward, aber leider sei das gar nicht so einfach, in diese Branche hineinzukommen, wenn man nicht die richtigen Beziehungen habe. Triumphierend gab Gillian zurück, genau die habe sie schon, und dann erzählte sie ihm alles über Sidney Haughten.

Er war sehr beeindruckt; ein Mädchen wie sie, nicht aus der Unterhaltungsbranche, und hat schon einen so einflußreichen Freund! Er betrachtete sie voller Hochachtung. »Ihr junger Mann da, das hört sich an, als hätte er überall die Hände drin, wo was läuft.«

»Da gibt's nichts, wo der nicht mitmischt.«

»Der Inbegriff des jungen Unternehmers! Solch ein dynamischer Ehrgeiz, ach ja, der ist heutzutage selten in unserem ausgepumpten Wohlfahrtsstaat.« Mit großen Augen sagte er feierlich: »Es waren die Sidney Haughtens von Großbritannien, die das Empire erbauten.«

Er sah aus, als wollte er sich gleich erheben und die Nationalhymne anstimmen, und Gillian unterdrückte nur mit Mühe ein Kichern. »Ich weiß natürlich nicht genau, wo Sidney überall mit drin ist, und ehrlich, ich versteh auch nicht, wie er das alles unter Kontrolle hält. Er läßt nichts aus, packt auch die allerkleinste Sache an, wenn er denkt, er kann was draus machen.« Überschwenglich prahlte sie mit ihm, aber es war eigentlich unmöglich, nicht ins Prahlen zu verfallen, wenn man über Sidney sprach. »Er hat zum Beispiel auch in Irland Geschäfte. In Dublin und Cork und . . . wie heißt der internationale Flughafen, den sie hier haben?«

»Shannon.« Edward schien wirklich fasziniert. »Du meine Güte, der junge Mann ist ja schon eine unserer Wirtschaftsgrößen.«

»Er wird demnächst nach Inishcarrig kommen, um mich zu besuchen. Dann stell ich Ihnen Sidney vor«, sagte Gillian großmütig.

Erst später fiel ihr ein, sie wäre vielleicht doch besser eine Spur zurückhaltender gewesen. Sie hielt es für gescheiter, Jeremy zu informieren. Leichthin sagte sie: »Übrigens, ich habe Edward ein ganz kleines bißchen über die Geschichte in der ›Blauen Kanne‹ und dem Theater hinterher erzählt. Macht dir sicher nichts aus, daß dein kleines Abenteuer von damals ans Licht kommt, aber ich hab ihn gebeten, es für sich zu behalten. Das macht der auch, der klatscht nicht.«

Jeremy, laut ärztlichem Befund nicht mehr ansteckend, wartete auf Edward, der ihn zu einem Bootsausflug abholen wollte. »Warum mußtest du bloß darüber quatschen«, murrte er.

»Wir kamen zufällig drauf. Wenn ich natürlich geahnt hätte, daß du was dagegen hast ... also das hab ich wirklich nicht gedacht«, sagte Gillian reumütig.

»Na ja, ist mir auch egal. Es ärgert mich nur, daß du das wieder ausgegraben hast. Ich versuche die ganze Zeit, die blöde Sache zu vergessen.«

Das war ihm auch ganz gut gelungen, solange die Masern, die neuen Menschen und die neue Umgebung ihn abgelenkt hatten. Er war beinahe soweit, sich einzureden, der ganze Unsinn aus dem Mund von Haughten sei leeres Gerede. Dieser Stenz mit seinen Nadelkopfpupillen, überlegte sich Jeremy, wird schon selbst dahinterkommen, daß er gut getarnt in der schützenden Tiefe seines eigenen Dschungels sicher ist, der wird bestimmt samt Päckchen von Inishcarrig fernbleiben. Oder etwa nicht?

Sie hatten den Hafen von Dunbeg gerade verlassen, als Edward von Sidney Haughten anfing und Jeremys tröstliche Schlußfolgerungen völlig durcheinanderwarf. »Muß ja ein hochinteressanter Kerl sein.« Diese Gans hatte ihren Goldjungen ganz schön rausgestrichen. »Ich bin schon sehr gespannt darauf, ihn zu treffen.«

Kleine Kälteschauer liefen Jeremy über den Rücken. »Ja ja, wieviel Knoten macht das Boot, Edward?« Aber so schnell ließ Edward nicht von Sidney ab, den er offenbar auch für einen Busenfreund von Jeremy hielt, und je länger er auf dem Thema herumritt, um so mehr setzte sich in Jeremy der Gedanke fest, dieser Halunke könne jetzt gar nicht mehr anders als herzukommen, bloß um Edward kennenzulernen. In einer Pause flocht er schnell ein: »Na ja, um ehrlich zu sein, einen richtigen Freund würde ich Sidney eigentlich nicht nennen. Ich hab ihn nur zufällig mal getroffen, so ein-, zweimal.« Den Rest der Unterhaltung bestritt er mit gelegentlichen Grunzlauten. Doch er merkte, daß er die Grunzerei etwas übertrieben hatte, als Edward ihn besorgt fragte: »Wie fühlst du dich. Fehlt dir was?«

»Nein, nein. Alles prima.«

»Du siehst blaß aus. Willst doch nicht die Fi-

sche füttern, oder?« sagte Edward lachend.
»Macht nichts. Passiert sogar dem Admiral.« Dann fing er wieder mit dem Krawall in der »Blauen Kanne« an. Suchte wohl nur nach einer Gelegenheit, sich aufzuspielen wie bei Gillian. Nichts abstoßender, dachte Jeremy, als Leute in Edwards Alter, die sich anbiedern und den Jargon der Jugend nachzuahmen suchen. »Die Bullen«, verkündete der progressive, liberale Edward, »sollten Besseres zu tun haben, als junge Leute wie Kriminelle zu behandeln.«

Jeremy sagte kurz angebunden: »Sie tun nur ihre Arbeit, dafür werden sie bezahlt.«

»Ja schon, aber wenn alles darauf hindeutet, daß Haschisch demnächst zugelassen sein wird...«

Jeremy verfluchte Gillian; angewidert von dieser Sucht, dazugehören zu wollen, konnte er das Geschwätz nicht mehr ertragen. »Hören Sie mal, Sie brauchen mit mir nicht zu reden, als ob die Drogenszene mein Zuhause wäre. Vielleicht ist Hasch wirklich nicht so schlimm, ich weiß es nicht, aber es gibt noch verdammt mehr Sachen als Hasch, und wenn Sie nur die geringste Ahnung von dem ganzen Affentheater hätten, dann wüßten Sie, was für ein trostloses Geschäft das ist, dadrin zu hängen.«

Hinter den dicken runden Brillengläsern blinzelte Edward wie eine verschreckte Eule. Beschämt murmelte Jeremy: »Tut mir leid. Ich glaube, es war einfach, weil ich an die Geschichte erinnert worden bin, das hat mich ein bißchen durcheinander gebracht.«

Jane erwartete ihn bei seiner Rückkehr oben auf dem Klippenweg. Sie sagte: »Wenn man deine frühere Gebrechlichkeit bedenkt, Jeremy Morgan, dann bist du wieder bemerkenswert gut zu Fuß und gut bei Atem.«

»Enttäuscht, was?«

»Im Gegenteil, Jeremy Morgan.«

An der Haustür wartete Belinda O'Malley auf ihn. War ja ein richtiges Empfangskomitee für den jungen Herrn. Sie fragte: »Hat dir der Ausflug gefallen, Jeremy?«

»O ja. Edward hat mich auf der Heimfahrt ans Steuer gelassen, und da hab ich gemerkt, was das Boot für einen tollen Motor hat.«

»Der Ausflug hat dir offensichtlich gutgetan. Du bist völlig geheilt, Jeremy, hab ich recht?«

»Aber klar! Ach du lieber Gott«, sagte Jeremy, der endlich begriff, was diese scheinbar teilnahmsvollen Anfragen zu bedeuten hatten. Das Empfangskomitee starrte ihn bedeutungsschwer an. »Ja«, fügte Jeremy lahm hinzu, »ich glaube, Sie haben recht.«

»In diesem Fall«, sagte Belinda mit einem kaum merklichen Anflug von Bedauern, den Jeremy herauszuhören glaubte, »müssen wir deine Schwester sogleich darüber in Kenntnis setzen, daß unsere Zwischenregelung ab sofort aufgehoben ist und entweder die O'Malleys oder die Morgans Grangemore ohne Verzug zu räumen haben.«

Den ganzen Tag über war Belinda freundlich wie immer gewesen. Mit keinem Wort hatte sie auf die Konsequenzen der Genesung Jeremys angespielt, und man hätte insgeheim hoffen dürfen, daß man die Abmachung stillschweigend überginge und einfach so weitermachte, als wäre nichts geschehen. Aber Ann war inzwischen hinsichtlich der Gepflogenheiten auf Inishcarrig viel zu gewitzt, um über das Ultimatum, das ihr so plötzlich präsentiert wurde, die Fassung zu verlieren. »Damit wir uns nicht mißverstehen«, sprach Belinda und ehrte Ann mit einer majestätischen Neigung des Kopfes, »möchte ich Ihnen versichern, daß mir Ihre Gesellschaft und die Ihrer Familie sehr angenehm war, doch hieße es nun die Treue der Inselbewohner zu verhöhnen, wenn man die augenblicklichen Gegebenheiten ohne eine ernst zu nehmende Begründung fortbestehen lassen wollte.« Mit Grabesstimme sagte Jane: »Die Würfel sind gefallen.« Jeremy schaute grimmig umher.

Ann lächelte sie alle an.

»Ich freue mich, Miss O'Malley, daß ich nun in der Lage bin, Ihnen Ihre Freundlichkeit, wenn auch nur in bescheidenem Rahmen, zu entgelten; ich werde Ihnen keine Ungelegenheiten machen.« In diesem Augenblick schlenderte Bill herein. Ann machte eine Pause. »Sie bleiben in Grangemore. Ich habe die Absicht, das Haus zu verlassen.« Verschiedene Regungen und Gefühle spiegelten sich in schneller Folge auf allen Gesichtern, nur Bills Miene zeigte den Ausdruck gleichbleibend höflicher Aufmerksamkeit. Ann spielte auf Edwards Rat hin die Karte aus, die mit etwas Glück das Trumpfas sein konnte. »Wir ziehen in die Klinik um und wohnen dort.«

Alles schwieg verblüfft. Edward hatte nämlich herausgefunden, daß die Klinik hier lediglich als amtliches Regierungseigentum angesehen wurde, das in keinem Zusammenhang mit Grangemore stand. Dort einzuziehen, folgerte er, eröffnete eine gute Möglichkeit, daß angesichts des Rückzugs der Morgans aus Grangemore das Anstandsgefühl allen Inselbewohnern im Gegenzug Zurückhaltung auferlegen würde, und zwar bis zum völligen Verzicht auf den angedrohten Boykott. Daß Edwards bemerkenswerte Beurteilung der Lage richtig war, bestätigte Bill, breit lächelnd, mit seiner Bemerkung: »Verehrte Kollegin, abermals haben Sie mich nicht enttäuscht.«

Wenn Belinda enttäuscht war, verriet sie es mit keiner Miene. Als Bridget Dunne heftig einwandte, der Junge sei noch viel zu blaß und geschwächt, den könne man doch nicht abwimmeln wie einen Kesselflicker und mit Schlafsack und Picknickgeschirr in die zugige Klinik schicken, rief Belinda spöttisch: »Machen wir uns doch nichts vor, Bridget, Jeremy ist gesund wie ein Fisch im Wasser.« Doch dann fuhr sie fort, es sei ja eigentlich nur Ann, auf die Inishcarrig mit anklagendem Finger weise, und infolgedessen sei nur sie es, die Grangemore zu verlassen brauche. »Gillian und Jeremy«, sagte Belinda, wieder völlig Herrin der Lage, »werden weiterhin unsere Gäste sein. Die Inselbewohner haben ihren Sinn für Gerechtigkeit durchaus unter Beweis gestellt, als sie zwischen Ihnen, Ann, und Ihrem Bruder und Ihrer Schwester klar unterschieden. Anders zu handeln wäre sicher unredlich gewesen, wenngleich die Unredlichkeit überall überhandnimmt – außerhalb von Inishcarrig.« Mit großer Anstrengung beherrschte sich Ann und versagte sich jede Äußerung. »Das heißt also, mein Kind, Sie werden im Wartezimmer schlafen und kochen.«

»Und praktischerweise gibt es auch fließend heißes Wasser im Sprechzimmer«, sagte Bill. »Wie gut, daß Sie von Natur aus eine Frühaufsteherin sind, da wird es gar keine Mühe machen, die Klinik blitzsauber zu haben, wenn montags und freitags früh die Patienten kommen, Doktor.«

»Du verschwendest deine Zeit«, wies ihn Belinda zurecht, »Ann ist viel zu gescheit, um sich von dir piesacken zu lassen. Also, meine Liebe, dann ist alles geregelt. Mehr oder weniger wieder der Status quo. Nein, nicht ganz. Ein gewisses Protokoll ist zu beachten. Moment …! Ja, Gillian und Jeremy können natürlich jederzeit ihre Schwester in der Klinik besuchen. Aber kein O'Malley dringt mir dort ein, denn ich sehe mich nun gezwungen, sie zu Feindesland zu erklären. Und Sie, Ann, sollten niemals versuchen, einen Fuß über die Schwelle von Grangemore zu setzen.«

»Sehr eng gesehen, Tante Belinda«, wandte Bill ein.

»Keineswegs«, gab Belinda zurück und strafte ihn mit einem scharfen Blick. »Die übrige Insel ist neutrales Territorium, wo jeder sich mit jedem treffen kann, und soviel Land dürfte jeglichem Anspruch genügen.«

Jane hatte die ganze Zeit mit unbewegtem Gesicht geschwiegen. Jeremy warf ihr verstohlen einen spöttischen Blick zu und schaute dann schmachtend zu Bridget hinüber, die herumflatterte, wie um sich zu vergewissern, daß alles zu ihrer Zufriedenheit geregelt war. »Freuen Sie sich nicht, daß Sie Ihren Herzensbubi noch eine Weile behalten können, Miss Dunne?« Bridget ging hinaus.

Endlich sprach auch Jane. »Eines Tages geht ihr Morgans einen Schritt zu weit. Wir lassen uns nicht herumschubsen.«

»Doch«, sagte Jeremy. »Von der Planke runter.«

7

Gillian und Jeremy begleiteten Ann aus eigenem Antrieb, um die Klinik in eine eigenständige Wohnung zu verwandeln, und sie gingen dabei sehr viel gründlicher vor als sie. »Ein Mordszug kommt unter der Tür durch«, sagte Jeremy. »Ich glaube, ich lege den Schlafsack besser auf die Bank und binde ihn fest.« Nach den ersten wichtigsten Vorbereitungen meinte Gillian: »Man kann hier wohnen, das ist wahr, aber mehr läßt sich darüber nicht sagen.«

Ann setzte den kleinen Kessel auf den Spirituskocher, um Tee für eine wohlverdiente Pause zu machen. »Und mehr ist auch nicht nötig, liebe Gillian.«

Jeremy sah prüfend auf die abblätternde grüne und braune Farbe an den Wänden. »Regierungseigentum, typisch! Grauenhaft! Ich werde das neu streichen. Creme- oder aprikosenfarben, Gilly, was meinst du?«

»Zart pfirsichblütenfarbig.« Gillian befühlte einen der grünen Vorhänge zwischen den Fingerspitzen. »Diese scheußlichen Dinger sind nur noch Fetzen. Ich werde bei Barry Stoff für neue kaufen.«

Jeremy scharrte an einem Loch im abgetretenen Linoleum. »Auch Teppiche brauchen wir.«

»Wir sind in Inishcarrig, Dummkopf. Die sind hier doch noch kaum über das Stadium hinaus, wo getrocknete Kuhfladen der letzte Schrei in Bodenbelag waren. Ich werde das nächste Mal ein paar Brücken aus Cork mitbringen.«

»Aber hört doch mal«, sagte Ann, »mir genügt das alles so, wie es ist.«

»Wir wissen, daß du keinen Sinn für Schönheit hast, aber immerhin gehen Gilly und ich ja hier ein und aus.« Jeremy hielt stirnrunzelnd inne. »Du, Gilly, das wurde ja alles über unsere Köpfe hinweg bestimmt, aber jetzt, wenn ich darüber nachdenke, da muß ich sagen, mir paßt das nicht, daß wir beide in Saus und Braus in Grangemore leben und Ann in diesem Schweinestall allein lassen.«

Gilly sah ihn vielsagend an. »Denk dran, wir können Ann am besten helfen, wenn jeder sieht, daß wir uns mit den O'Malleys glänzend vertragen. Edelmut nutzt uns auf Inishcarrig gar nichts. Es geht uns vielleicht gegen den Strich, aber wir müssen indirekt unser Ziel erreichen.«

»Kannst recht haben. Fragt sich nur, ob Belinda das nicht auch vorhat. Ich kann bei Gott nicht verstehen, daß sie so reagiert hat. Was meinst du, Ann?«

»Ich glaube, sie ist von Natur aus ganz freundlich. Aber ich war auch überrascht, daß sie einfach darauf eingegangen ist.«

»Einfach drauf eingegangen! Na hör mal, da

steht ganz Inishcarrig auf wie ein Mann und will gerade eine neue Kerbe in den Revolverlauf feilen, und da kommt Ann mit ihrer genialen Idee, und Belinda O'Malley, statt sich die Haare zu raufen vor Enttäuschung und Wut, wie man erwartet hätte, zeigt sich erleichtert! Ja Himmel noch mal! Mit Miss Dunne ist das was anderes, die liebt mich«, sagte Jeremy selbstgefällig, »und Bill, der lacht sich innerlich doch nur tot über das Getue mit der Inselheimat. Aber Belinda, die ist doch unter der Maske der Höflichkeit genauso entschlossen wie diese Teufelskatze Jane. Also jetzt frag ich dich: wie erklärst du dir das?«

Der Tee war fertig. Ann fand eine Tüte mit einem kleinen Rosinenkuchen, offenbar das Werk von Bridget Dunne, das irgendwie ins Gepäck gelangt war. Sie bot die Stückchen an und meinte: »An diesem Ort ist vieles unerklärlich.«

Jeremy grinste auf sein Stück Kuchen herab, bevor er hineinbiß. »Das kannst du laut sagen.«

Mit überlegener Miene fügte Gillian amüsiert hinzu: »Leute wie wir sollten nicht so blöd sein und versuchen, hier irgendwas erklären zu wollen.«

Jeremy gab sein Grübeln auf und nahm sich noch ein Stück Kuchen.

Als sie gegangen waren, hatte Ann noch etwas Zeit für eine kleine Ruhepause, bevor die nächste Rückenverrenkung, der nächste wehe Finger dringend nach Behandlung verlangte. Schändlicherweise verbrachte sie die Pause damit, von Bill O'Malley zu träumen ... bis Ellen Driscolls Erscheinen sie auf die Erde zurückholte. Sie stand im Wartezimmer, starr vor Überraschung, die Ann allerdings für vorgetäuscht hielt, und schaute auf die Bewohnerin. Jetzt haben wir also, Gillians Hinweis zufolge, schon zwei knieweiche Verehrerinnen hier, dachte Ann bitter. Sie sagte: »Wie Sie zweifellos schon wissen, Schwester, ist dies von nun an mein Wohnraum, und ich darf Sie bitten, in Zukunft anzuklopfen.«

»Selbstverständlich, Dr. Morgan. Verzeihen Sie, wenn ich das so sage, aber es kommt mir komisch vor, daß ich an die Kliniktür klopfen soll, Dr. Morgan.«

»Auf Inishcarrig gibt es eine Menge sehr komischer Dinge, Schwester.«

»Durchaus, Dr. Morgan. Halten Sie es für meine Aufgabe, die Klinikräume sauberzuhalten, so wie bisher, oder haben Sie die Absicht, eine Putzfrau einzustellen?«

»Natürlich werde ich mich selbst darum kümmern.«

»Ich verstehe. Ein Hausbesuch ist wieder fällig, Dr. Morgan.« Ellen machte eine Pause, die schwarzen Augen funkelten. Ann wartete. »Es sind Masern«, verkündete Ellen Driscoll hocherfreut, »und hier hat es seit Jahren keine Epidemie gegeben, aber da Ihr Bruder nun zufällig die Masern eingeschleppt hat, ist zu befürchten, daß sie sich wie ein Buschfeuer über die ganze Insel verbreiten.«

Genau das taten die Masern. Aber Ann konnte ohnehin nicht mehr Zeit opfern, als sie schon immer geopfert hatte, doch wenigstens gab es jetzt einen richtigen Grund dafür. Es lag natürlich nahe anzunehmen, daß Ellen Driscoll diese glorreiche Möglichkeit nach Kräften nutzte, um die Leute gegen Ann aufzubringen, die unbestreitbar für dieses Unglück, das die ganze Insel heimsuchte, ursächlich verantwortlich war. Die Eltern des ersten Kindes waren schroff und mißgelaunt. Der Vater murmelte etwas von dem Verbrechen, einen gesunden Ort mit dem Dreck von London zu verpesten. Der Vater des nächsten kleinen Patienten sagte, früher, bevor das verdammte Ministerium in Dublin mit seinen schmutzigen Intrigen angefangen hatte, waren auf Inishcarrig stets nur Ärzte, die Krankheiten heilten, anstatt sie mitzubringen. Ann antwortete: »Ja, das Ganze tut mir sehr leid. Natürlich hätte ich meinen Bruder niemals mitgebracht, wenn ich geahnt hätte, daß er Masern bekommt.«

Er schien etwas verblüfft, erwiderte jedoch barsch: »Das sollte aber Ihr Job sein, daß Sie so was wissen, oder?«

»Wenn man nicht von vornherein auf Masern

gefaßt ist, lassen sie sich im Einzelfall kaum von einer schweren Erkältung unterscheiden. Man kann nach bestimmten Anzeichen Ausschau halten, nach den sogenannten Koplikschen Flecken, aber ich muß gestehen, ich wäre nie drauf gekommen. Ich habe sie vorher noch nie gesehen, und wahrscheinlich hätte ich sie sowieso nicht erkannt.«

»Sie scheinen überhaupt wenig zu wissen.«

»Ich weiß vieles nicht, das ist richtig, aber das braucht Sie im Moment nicht zu bekümmern«, versicherte Ann beiden Eltern, »denn inzwischen bin ich dank Jeremy mit dem normalen Verlauf von Masern vertraut.«

Widerwillig sagte die Mutter: »Na ich glaube, ehrlicher kann man nicht sein, Sean.«

Eine Woche später fing die Mutter eines anderen Patienten an, sie einzuschüchtern, aber der Vater unterbrach sie ungeduldig. »Wir hatten immer schon mal Masern auf Inishcarrig, bevor sie welche mitbrachte, oder?«

Verdutzt sah sie ihn an, faßte sich jedoch sogleich. »Wenn wir welche hatten, dann nicht durch Dr. Charles – Gott hab ihn selig –, so dumm war der nicht, daß er welche mitbrachte, ohne was davon zu wissen.«

»Ja, ja, hat ja selber gesagt, daß er alles weiß, was? Aber wenn du unbedingt vergessen willst, daß er eine Schwester von mir hat taub werden lassen auf beiden Ohren, als sie Masern hatte, dann sag ich dir, ich vergesse es nicht.« Er blickte Ann bekümmert an. »Kann das sein, daß dem Jungen vielleicht dasselbe passiert? Daß das eine erbliche Schwäche ist oder so was?«

Das Kind im Bett hatte das Schlimmste schon überstanden und wollte am liebsten aufstehen. Ann lächelte über dem übellaunigen kleinen frechen Gesicht auf dem Kissen und hörte sich selbst belustigt zu, als sie mit der unerschütterlichen Zuversicht ihres Urgroßvaters aus Yorkshire sagte: »Da besteht überhaupt keine Gefahr.«

Ein paar Tage später traf sie einen Patienten, der noch schlechtere Laune hatte. Als sie in sein Zimmer trat, wollte seine Mutter ihn gerade dazu bringen, einen Becher voll dampfender Milch mit Zwiebeln zu trinken. Er schob den Becher beiseite und sagte mürrisch: »Ist zu heiß. Mir ist sowieso schon heiß.«

»Die Ärztin wird's bestätigen, wenn du Fieber hast, darfst du nichts Kaltes schlucken, sonst bekommst du Schüttelfrost.« Ann erklärte sie: »Dr. Charles – Gott schenk ihm Frieden! – hat immer gesagt, es gibt nichts Besseres als heiße Milch mit Zwiebeln.«

Angewidert von der Haut auf dem Gebräu, verkündete Ann mit vornehmer ärztlicher Zurückhaltung, dies treffe durchaus in einigen Fällen zu. »Aber hier, glaube ich, dürfen wir Jimmy bestimmt erlauben, seine Milch kalt zu trinken.« Sie sah ein Stückchen Zwiebel an die Oberfläche steigen und fügte mitleidig hinzu: »Auch ohne Zwiebeln, wenn er will.«

»Der will keine Milch, weder heiß noch kalt.«

»Wichtig ist, daß er möglichst viel Flüssigkeit zu sich nimmt. Du trinkst doch sicher gern Limonade, Jimmy, stimmt's? Auch Eis wäre ausgezeichnet, Mrs. Quinn, denn Speiseeis hat auch Nährwert. Aber vielleicht gibt's kein Eis auf Inishcarrig?«

Jimmy hatte ganz runde Augen vor ungläubigem Staunen. Er flüsterte: »Barry kriegt welches mit der Fähre seit Ostern.«

»Limonade und Eis für ein krankes Kind«, rief Mrs. Quinn entrüstet. Jimmy grinste Ann verschwörerisch an, wie ein Teufelskerl den anderen. »Ich möchte die Sorte mit den roten Streifen, Mammi.«

Das ging herum wie ein Lauffeuer, und die Nachfrage nach Limonade und Eis war auf einmal so groß, daß die geriebenen Geschäftsleute Barry ihre nächste Bestellung verdreifachten.

»Sehr pfiffig, sich die jüngere Generation an die Brust zu ziehen«, sagte Bill zu Ann. »Aber nach allem, was ich höre, kommen Sie mit allen Altersgruppen ganz gut zurecht.«

»Wenn die Leute wirklich krank sind, sieht eben alles anders aus.«

»Führen wohl nicht mehr so viel Herzflattern, Gelenkeknirschen und Schwindelgefühle vor?«

Ann sah ihm in die Augen. »Ich bin überzeugt, man hält Sie über Inishcarrigs auffallende Hypochondrie sehr gut auf dem laufenden.«

»Mein liebes Mädchen, niemand braucht mich auf dem laufenden zu halten. Allmählich müßten Sie begriffen haben, daß wir O'Malleys allwissend sind.«

Es war zermürbend, fast alles, was aus diesem spöttischen Munde kam, mißbilligen zu müssen, wenn man doch jedes einzelne Wort mit Wonne in sich aufnahm. Ann riß sich von ihm los.

Belinda verblüffte sie am nächsten Tag. Es fing an mit: »Sie werden bis zum Umfallen rumgejagt.« Nichts könnte ihr doch lieber sein, dachte Ann und schwieg. »Unter anderen Umständen wäre Bill natürlich der erste, der seine Hilfe anbieten würde«, erklärte seine verrückte Tante. Ann lächelte matt und glaubte kein Wort. »Hm!« sagte Belinda. »Nun, ich hoffe, Sie sorgen angemessen für sich selbst. Regelmäßige Mahlzeiten und so weiter.« Wieder blieb Ann stumm. Sie hatte kaum mehr Zeit oder gar die Energie, als sich hie und da eine Tasse Tee zu machen, was Belinda wissen mußte. »Sie sind blaß. Es ist wichtig, daß Sie immer ordentlich essen. Sie dürfen doch nicht Ihr gutes Aussehen verlieren, mein Kind«, sagte Belinda und ging.

Abends in die Klinik zurückgekehrt, fand Ann dort rätselhafterweise einen Teller mit köstlichem kaltem Lachs, angemachtem Salat und frischen Brötchen vor. Ohne falsche Scham stürzte sie sich gleich darauf. Danach wurde täglich in derselben mysteriösen Weise ein Essen bereitgestellt, manchmal kalt und manchmal warm, wenn der Lieferant sich nach der Zeit ihrer Rückkehr richten konnte. Ann gab sich keine Mühe, diesen neuen Aspekt der schillernden Mentalität von Inishcarrig zu erforschen. Sollten die O'Malleys sich entschieden haben, aus welchen undurchsichtigen Überlegungen auch immer, ihren Feind in diesem Spiel zu füttern, so war der Feind durchaus willens, ihnen den Gefallen zu tun und sich füttern zu lassen.

Da die schulpflichtigen Kinder in der Schule täglich alle miteinander in engster Berührung waren, bevor man die Schule wegen der Ansteckungsgefahr schloß, war die Attacke der Masern heftig, aber kurz, und verlief zum Glück ohne Komplikationen. Als die Epidemie endlich abklang, wartete Ann ergeben auf das nun wieder fällige Herzflattern, Gelenkeknirschen und Schwindelgefühl. Doch merkwürdigerweise klagten nur noch wenige darüber, die Anrufe kamen seltener, aber am erstaunlichsten war wohl, daß mehrere Patienten, die telefoniert hatten, sich offenbar höchst unbehaglich fühlten. Einer Frau, deren großer Zeh ganz dringend behandelt werden mußte, versicherte Ann, die ihren Ärger tapfer hinunterschluckte, es sei beim besten Willen keine Ursache für ihre Schmerzen festzustellen. In einer Aufwallung von Gewissensbissen sagte die Frau plötzlich zornig: »Sie sehen ja todmüde aus, Mädchen. Eine Schande ist das. Die sollte wirklich mehr Verstand im Kopf haben, als die Leute anzustiften, Sie wegen nichts und wieder nichts rauszurufen, wo Sie letzthin soviel durchgemacht haben.«

Hier hörte Ann zum ersten Mal ihren Verdacht bestätigt, daß Ellen Driscoll diesen Teil des Feldzugs selbst übernommen hatte. »Es ist auch sehr kurzsichtig, Mrs. Murphy, denn dadurch habe ich weniger Zeit, mich um die zu kümmern, die mich wirklich brauchen.«

Nach einer gedankenschweren Pause sagte die Frau langsam: »Na sieh mal an, so hat das noch niemand von uns gesehen.« Sie betrachtete Ann mitfühlend. »Wären Sie ein bißchen älter – möge der Herr Sie beschützen –, dann wüßten Sie sicher gleich, ob sich's wirklich lohnt rauszukommen, wenn einer ruft.«

Ann bezweifelte, daß ihre medizinische Kapazität jemals ausreichen könnte, um diesen nützlichen sechsten Sinn zu entwickeln. In schlichter Selbstbescheidung sagte sie: »Ich glaube nicht. Ich werde mich wohl immer, wie alt ich auch bin, vom

Zustand meines Patienten selbst überzeugen wollen, wenn er mich schon ruft, sonst hätte ich keine ruhige Minute mehr.«

»Ach so was! Unser lieber alter Dr. Charles – er ruhe in Frieden! – hat da immer gesagt, alle, die sich was einbilden im Kopf, die sollte man sich selbst überlassen, die erholen sich aus eigener Kraft. Und bei Gott, es blieb ihnen nichts anderes übrig, aber manche, besonders mitten in der Nacht, die wurden ganz schön nervös.« Sie machte eine längere Pause und hing ihren Gedanken nach. »Na ja, kam halt ein paarmal vor, daß es doch was anderes war als nur Einbildung, was ihnen fehlte, Gott sei ihnen gnädig. Also wie's auch sei, ich sag's geradeheraus, Mädchen, es tut mir leid, daß ich Sie bemüht hab wegen fast nichts.«

Ann hoffte, daß Mrs. Murphy nun von Schwester Driscolls Liste gestrichen würde. Allerdings sah es bald so aus, als schrumpfte die Liste, doch wurden die verbleibenden Streitkräfte taktisch sehr geschickt eingesetzt. Da weder das Telefon noch der Türklopfer der Klinik den Schlummer der O'Malleys stören konnten, wurden jene, die sich noch zur Mitarbeit überreden ließen, zur Nachtschicht eingeteilt. Aber selbst unter diesen Umständen brachte es Ellen Driscoll nicht zuwege, Ann mehr als zwei- oder dreimal in der Woche aus dem Schlaf zu reißen; außerdem hatte Ann viel Muße während des Tages.

Sie wurde immer sicherer und war jetzt auch überzeugt, gewinnen zu können. In der Klinik fühlte sie sich wohl, Vorüberkommende vergaßen immer häufiger, daß sie nicht grüßen sollten, die Patienten entwickelten sich prächtig, und manche waren neuerdings ausgesprochen freundlich.

Zu dieser Zeit hatten sich auch Gillian und Jeremy zufriedenstellend eingelebt. Am Anfang hatte es da freilich einigen Ärger gegeben, weil die beiden in schmählicher Mißachtung der Schulbücher und der Schreibmaschine, die eigens für sie von London mitgekommen waren, zu der Ansicht gelangten, ihr Aufenthalt auf Inishcarrig sei nichts anderes als ein verlängerter Urlaub. Ann hatte einen sehr guten Eindruck vom pensionierten Schulmeister Maurice Sweeny gewonnen, der schon Jane O'Malley unterrichtete. Als aber verabredet wurde, daß Jeremy teilnehmen sollte, setzte er sich energisch zur Wehr. Er sagte, er sei vielleicht nicht gerade ein Genie, aber ziemlich sicher, daß er einen Dorfschulmeister allemal in die Tasche stecken könne.

Sehr von oben herab hatte Jane spöttisch bemerkt: »Immerhin hat Mr. Sweeny seine akademischen Examina mit Auszeichnung bestanden.«

»Na so was! Und was hat's ihm gebracht?«

»Immerhin die Direktion der wahrscheinlich besten Schule Irlands. Und später immerhin mich«, sagte Jane. »Ich bin nämlich eine ungewöhnlich intelligente und tüchtige Schülerin und die Freude seiner alten Tage.«

Belinda sagte: »Es wäre ein Segen, wenn Maurice Sweeny noch einen Schüler bekäme, der Jane ein bißchen zurechtstutzt.«

»Vielleicht hat Jeremy einfach Angst, daß er das nicht kann, Tante Belinda.«

Nachträglich dachte Ann oft, es sei wohl eher den O'Malleys und weniger ihrem eigenen Drängen zuzuschreiben, daß Jeremy überredet werden konnte, es mit Maurice Sweeny zu versuchen. Das Fahrrad, das er bekam, um mit Jane zu dem mehr als eine Meile von Grangemore entfernt gelegenen Häuschen mit den Bücherwänden zu fahren, gab schließlich den Ausschlag. Anfangs murrte er noch etwas, aber er blieb dabei und begleitete Jane an fünf Tagen in der Woche, und nach einer Weile bemerkte er beiläufig zu Ann, der alte Knabe habe so eine Art, manche Themen richtig interessant vor einen hinzustellen. Ebenso beiläufig stellte er fest, daß der alte Sweeny gesagt habe, es sei lange her, daß er mit so viel Freude einen Schüler von Jeremys Niveau unterrichten konnte.

Jeremy war also abgehakt. Mit Gillian war das schwieriger. Sie lehnte es rundheraus ab, auf die Schreibmaschine einzuhämmern oder Schnörkel aufs Papier zu bringen. Immer wieder hielt ihr Ann geduldig vor, sie würde ohne ein Minimum an Übung hoffnungslos einrosten, und immer wieder reagierte Gillian mürrisch und sagte ihr, sie solle aufhören, an ihr herumzumäkeln.

»Soviel ich weiß«, sagte Belinda, als die unglückliche Gestalt in düsterem Grimm an ihnen vorbeischritt, »möchte Gillian Mannequin werden.«

»Mädchen haben verrückte Ideen.«

»Ich hätte gedacht, das sei eine äußerst vernünftige Idee. Gillian ist ein schönes Mädchen. Warum sollte sie die Vorzüge, die die Natur ihr gab, nicht zu ihrem Besten nutzen? Ich weiß, es gibt in dieser Branche viel Konkurrenz, der Beruf des Mannequins ist auch sehr anspruchsvoll, aber er bietet doch ein vielseitigeres und interessanteres Leben als die Büroarbeit.«

Das war nun das letzte, was Ann von der streng wirkenden Belinda O'Malley erwartet hätte. Sie sagte: »Selbst wenn Gillian einmal eine der wenigen Glücklichen sein wird, die in diesem Beruf sehr erfolgreich sind, ist Mannequin zu sein nicht das, was ich mir für sie wünsche. Es ist auch nicht von Dauer.«

»Zugegeben. Aber was ist schon von Dauer?«

»In gewissem Sinn überhaupt nichts, da haben Sie recht, aber eine Mannequinkarriere ist nur auf wenige Jahre jugendlicher Frische beschränkt. Mein Haupteinwand, Miss O'Malley, ist allerdings, daß ein Mädchen wie Gillian dadurch leicht ihren Halt verliert. Sie könnte in unsichere Verhältnisse abgleiten.«

»Möchten Sie denn das Kind schon mit siebzehn in sicheren Verhältnissen wissen? Ich kann Ihnen nur versichern, wenn Sie ihr das Gefühl geben, sie hätte nicht das Beste aus ihrem Leben machen können, weil es ihr verboten wurde, dann allerdings haben Sie dem Mädchen jeden Halt genommen, und zwar bis ans Ende ihrer Tage. Wenn es hingegen das Risiko einer Verführung ist, was Sie fürchten«, meinte Belinda lebensklug, »dann lassen Sie sich sagen, daß Sie das auch bei einer Sekretärin gewärtigen müssen. Ich hoffe, Sie erlauben mir, Gillian zu erklären, daß ihr Lieblingswunsch nicht völlig vom Tisch ist, daß sie jedoch, als Vorsichtsmaßnahme gegen möglichen Mißerfolg, täglich wenigstens zwei volle Stunden für ihren Büro-Kursus aufwenden muß. Hm! Sie sind eine sehr willensstarke junge Frau, meine Liebe, was ich im allgemeinen auch sehr schätze. Aber Sie müssen noch lernen, Ihre Willensstärke nur dort einzusetzen, wo es angebracht ist.« Sie strich Ann über die Schulter, lächelte sie herzlich an und ging.

Anscheinend setzte sie voraus, daß ihr Rat angenommen werde, ohne die Bestätigung abzuwarten, denn am nächsten Tag fiel Gillian ihrer Schwester Ann um den Hals und sagte begeistert: »Ich versprech dir, ich werde richtig schuften, Stenografie und Schreibmaschine, wenn dich das glücklich macht, aber ich wette, ich brauche nicht darauf zurückzugreifen. Wart's nur ab!« Sie rannte weg und winkte Bill, der gerade aus dem Haus kam, triumphierend zu. Unwiderstehlich immer dorthin gezogen, wo gerade eine Kamera lockte, posierte sie jetzt ein paar Schritte vor Edward Fentons Polaroid-Apparat.

Bill warf einen Blick hinüber und sagte: »Ich freu mich schon, wenn mich eines Tages eine lächelnde Gillian vom Titelblatt eines Magazins oder von einer Plakatwand begrüßt. Dann kann ich mit ihr prahlen und sagen: Die kenne ich persönlich.«

Ann schaute sorgenvoll in die gleiche Richtung. »Ich fürchte nur, das wird nicht so leicht sein, wie Gillian sich das vorstellt.«

»Sicher nicht, wenn Sie's verhindern können«, sagte Bill ziemlich schroff. »Zum Diktat, Miss Morgan, nehmen Sie einen Brief auf! Mein liebes Mädchen, wieso zum Teufel sind Sie so puritanisch?«

Dieser zweite Vorstoß von seiten der O'Malleys, sich in Familienangelegenheiten einzumischen und sie selbst zu analysieren, verärgerte sie noch mehr als der erste. »Wenn Sie mit puritanisch andeuten wollen, daß ich gewisse Prinzipien habe – jawohl, die habe ich!«

»Unbequeme Dinger, Prinzipien! Abgesehen von einer Abneigung, andere zu verletzen – außer wenn's nötig ist, natürlich –, hab ich kein einziges«, sagte Bill selbstgefällig.

Ann wußte das nur zu gut. Sie zwang sich, den Blick von ihm zu wenden. Sie mußte das neuerdings öfter tun, denn ihn zu lange anzuschauen war gefährlich.

8

Der Zeitpunkt von Jeremys Genesung und dem Anfang seiner neugewonnenen Freiheit fiel zusammen mit dem Einbruch warmen Frühlingswetters. Seine Tage waren so ausgefüllt, daß er an Zuversicht gewann. Er versuchte, aus seinen Gedanken fernzuhalten, was ohnehin nicht geschehen würde. Bald fühlte er sich so ungebunden auf der Insel wie Gillian. Zweifellos war das anfangs Janes Förderung und Gönnerschaft zu verdanken, aber langsam fand er seinen eigenen Platz unter den Inselbewohnern. Letztlich war es kein so übler Haufen; es war unmöglich, ihnen gegenüber feindselig zu bleiben, wenn sie offensichtlich gar nichts gegen ihn hatten.

So gut in Form hatte er sich lange nicht mehr gefühlt. Es war zuerst schwierig gewesen, nicht hinter Jane zurückzustehen. Sie ging schwimmen, obwohl das Meer noch eisig war; wie eine Gemse kletterte sie über Klippen und Felsen. Manchmal dachte er, sie wolle sich nur aufspielen, um ihm zu imponieren. Sie war so sehr ein Kind dieser Insel, daß es nur eine Möglichkeit gab, um ihr zu imponieren, nämlich sie auf Gebieten zu schlagen, auf denen sie selbst Meisterin war. Gefangen auf ihrer Insel, war sie außerstande, sich eine Lebensweise irgendwo anders vorzustellen. Er hatte ihr viel von London erzählt, von der Szene, zu der er gehörte. Er trug vielleicht ein bißchen dick auf, als er ihr den gefährlichen, aufregenden Tummelplatz schilderte, wo er und seine Kumpel das Leben bis zur Neige genossen – ohne ein Wort von der »Blauen Kanne« allerdings –, aber darauf sagte sie nur: »Mein Gott, kein Wunder, daß du so schlapp bist! Gammelst rum wie diese Talmitypen in der Dubliner O'Connell Street am Samstagabend. So ein Koloß wie du von sechzehn Jahren, Herrgott noch mal. Hast du denn niemals Lust, was aus dir zu machen und was Richtiges zu tun?«

Aber bei all ihrem Getue war sie doch nichts anderes als ein Bauerntrampel. Überlegen lachte er auf und zuckte die Achseln. »Halten wir einfach fest, daß wir verschiedene Wertvorstellungen haben.«

»Darauf kannst du wetten, mein Lieber«, sagte Jane und fuhr fort, als wäre Inishcarrig der Nabel der Welt. Zugegeben, hier konnte man sich ohnehin nur auf herzhafte und gesunde Art beschäftigen, wie sie es liebte. Jeremy hatte sich nicht mehr mit Schwimmen abgegeben, seit er das Große Schwimmabzeichen gemacht hatte, um es Tante Nora zeigen zu können, aber nach einiger Übung ließ er Jane im Wasser schnell hinter sich, und bald war er es auch, der ihr die Hand auf den steilen Klippen entgegenstreckte, wo sie mit ihrem Wagemut sich und ihn andauernd in Gefahr brachte. Außerdem war sie abhängig von ihm, wenn sie mit dem Motorboot die verschiedenen Buchten und Mündungen erforschen oder einen Angeltag einlegen wollte, denn wie sehr sie auch schmeichelte, sie galt einfach als noch viel zu jung, um mit dem Boot allein umgehen zu können. Jeremy war sehr kameradschaftlich und ließ sie meistens mitkommen. Sie war zwar noch ein kleines Mädchen, aber als Gesellschaft so lange willkommen, wie sie es nicht darauf anlegte, ihn zu reizen, und für ihr Alter war sie recht intelligent.

Als er sie zum ersten Mal zum alten Maurice Sweeny begleitet hatte, mußte er tatsächlich staunend zur Kenntnis nehmen, daß sie wirklich fast so gescheit war, wie sie selbst glaubte. Was ihn freilich hart ankam, war die Einsicht, daß sie ihm trotz der zwei Jahre Unterschied zwischen ihnen in Latein weit voraus war. Jeremy war froh, daß er sich damit herausreden konnte, er habe sich in diesem Jahr schon hauptsächlich mit Fächern zur Einführung in die Medizin abgeben müssen. »Etwas Latein öffnet dir natürlich die Türen jeder medizinischen Fakultät«, sagte Mr. Sweeny, »aber es ist schade, daß sich die englischen Schulen so früh in einer Richtung festlegen. Latein ist schon für sich allein ein faszinierendes Fach.« Jeremy brummte unmutig. Für ihn war es ein fades Fach, ebenso nutzlos wie irgendein anderes. Mr. Sweeny mißverstand den Unmutslaut. »Aber ich verspreche dir, ich werde dich nicht auf interessante Seitenpfade locken, wenn du auf ein Ziel hinarbeitest.«

Jeremy sagte düster: »Ach, für mich ist das gar kein Ziel, verstehen Sie? Es ist einfach so, daß ich auf gar nichts Bestimmtes scharf bin, und es wird halt von mir erwartet, daß ich Medizin studiere.«

Er wartete schon auf die jetzt fälligen Ermahnungen, doch statt dessen sagte Mr. Sweeny: »Ich möchte dir dringend raten, dein Leben nicht nur danach auszurichten, was von dir erwartet wird. Andererseits werde ich dafür bezahlt, dich in den Fächern zu unterrichten, die für dich vorgesehen sind, und ich muß dir ganz offen sagen, genau das werde ich im wesentlichen tun. Ich schlage vor, wenn einer von uns den Unterrichtsverlauf zu langweilig findet, steigt er aus.«

Es klang so, als ob es ihm ernst damit wäre. Jeremy kam schnell dahinter, daß alles, was Mr. Sweeny sagte, ernst gemeint war, selbst wenn es sich oft unkonventionell anhörte. Deshalb kam er so gut mit ihm aus. Er brauchte etwas länger, um zu erkennen, warum Mr. Sweeny ein so guter Lehrer war. Schmeichelhafterweise setzte er nämlich voraus, daß seine Schüler ihm vielleicht nicht an Wissen und Erfahrung, aber doch intellektuell ebenbürtig waren, und er tat das mit solcher Selbstverständlichkeit, daß man sich schäbig vorgekommen wäre, wenn man ihn enttäuscht hätte. Jeremy gab sich Mühe und enttäuschte ihn nicht. Mathematik war immer seine Stärke gewesen, da kniete er sich nun richtig hinein und erzielte manchmal Ergebnisse, die ihn selbst verblüfften. Als er schließlich eines Tages mit seiner Latein-Übersetzung Janes Arbeit vernichtend schlug, mußte er über sich selbst lachen, denn er empfand dasselbe Gefühl, das er damals hatte, als er seine Preise Tante Nora brachte, und dabei gab es wohl kaum verschiedenere Typen als Tante Nora und seinen alten Lehrer.

»Nur wenige sind mit Anlagen für beide Geistesrichtungen begabt«, sagte der alte Sweeny hocherfreut. »Jane, mein liebes Kind, du wirst auf deine Lorbeeren aufpassen müssen.«

Jane lutschte an ihrem Kugelschreiber. »Kann es sein, daß Sie uns gegeneinander ausspielen, verehrter Erzieher?«

»Was für ein unschicklicher Gedanke für so ein liebes kleines Mädchen«, entgegnete Maurice Sweeny sanft.

Als sie nach Hause radelten, sagte Jane: »Ein gerissener Kerl ist das, aber ein Goldstück. Und du hast wirklich ein phantastisches Gehirn, Jeremy.« Jeremy versuchte, bescheiden auszusehen. »Dafür habe ich mehr Muskeln. Los, um die Wette bis zur Ecke!« Sie schoß davon. Sie gewann, stieg ab und lehnte sich gegen das Rad. »Lieber

Himmel, du keuchst ja! Noch nicht ganz in Form, wie?«

»Mein liebes Kind, du darfst nicht vergessen, daß ich keine Pedale mehr getreten habe, seit einmal ein Kinderfahrrad unterm Weihnachtsbaum stand. Der Londoner Verkehr kommt dieser Art von Fortbewegung nicht sehr entgegen. Nächstes Jahr«, sagte Jeremy hochnäsig, »werde ich den Motorrad-Führerschein in der Tasche haben.«

»Na klar. Und wie es sich gehört, bist du dann ganz in Leder, stößt die alten Damen aus den Liegestühlen am Strand von Brighton und schlägst ihnen alle Knochen kaputt.«

Jetzt erst gewahrte sie den fremden Kutter, der um die Landspitze fuhr. Es war immer ein Ereignis, wenn so ein fremdes Schiff in Dunbeg festmachte. Sie eilten beide zum Hafen, wo schon eine Menschenmenge zusah, wie der Kutter gerade hereinsteuerte. Große Aufregung herrschte, denn es war sogar ein französisches Schiff.

»Wir machen immer einen großen Festrummel, wenn ein fremdes Schiff einläuft«, erklärte Jane. »Mit den Franzosen geht das prima, nur die Dänen sind noch besser. Hast du Lust, mich heute abend zu Barry zu begleiten?«

Jeremy sagte erstaunt: »Erlaubt dir deine Tante, dorthin zu gehen?«

»Sie ist ziemlich altmodisch, verglichen mit einer Tante in der Großstadt, das ist wahr, aber ich nehme an, sie hat nichts dagegen, wenn du um die Ehre bittest, mein Begleiter zu sein. Für dich wird das ein ruhiger Posten sein«, sagte Jane einschmeichelnd. »Auf Inishcarrig wird die jüngere Weiblichkeit ganz kurzgehalten. Die Jungfrauen hier müssen erst einmal sechzehn sein, bevor sie zur Jagd freigegeben werden.«

Jeremy grinste. »Du wärst sowieso überall sicher.«

»Nun, vielleicht bin ich nicht hübsch, aber ich habe bestimmt einen bezaubernd naiven Charme, findest du nicht?«

»Hab ich noch nicht bemerkt«, sagte Jeremy. Der Gedanke, die Verantwortung für dieses unberechenbare Gör aufgehalst zu bekommen, erschreckte ihn derart, daß er mit Nachdruck feststellte: »Schlag dir die ganze Geschichte aus dem Kopf. Ich begleite dich auf keinen Fall.«

Ungerührt erwiderte Jane: »Diese Abweisung überrascht mich nicht. Bei all deinen Berichten über dein tolles Lotterleben in London ist mir schon aufgefallen, wie wortkarg du hinsichtlich Mädchen warst. Keine folgenschwere Ursache dafür, hoffe ich doch?«

Jeremy überhörte die Beleidigung. Jane ließ das Thema Rummel fallen und plauderte frohgemut den ganzen Weg nach Grangemore. Dort angekommen, erstarrte er, als er sie sagen hörte: »Tante Belinda, Jeremy möchte gern heute abend mit mir zu Barry gehen, wenn du einverstanden bist.«

Belinda sagte zögernd: »Tjaa ...«

»Ich werde auch da sein und ein Auge auf Jane haben«, sagte Gillian im Geiste echter christlicher Nächstenliebe angesichts der vielen Gemeinheiten Janes, die sie erduldet hatte. Jane lächelte sie strahlend an und fragte: »*Quis custodiet ipsos custodes?*«

»Eines Tages wird man dich sicher erwürgt auffinden, mein süßes kleines Cousinchen«, sagte Bill.

»Nicht, solange ich mich auf die klassischen Zitate für die gebildete Welt beschränke«, antwortete Jane und lächelte abermals Gillian zu, die in segensreicher Unkenntnis zurücklächelte. Den beiden Morgans erklärte Jane: »Bill ist immer schlecht gelaunt bei solchen Anlässen, denn dann fühlt er sich ausgeschlossen. Auf Inishcarrig kann er sich nicht ausleben. Von Ärzten der O'Malleys wird erwartet, daß sie gegenüber dem gemeinen Volk etwas Abstand wahren, infolgedessen muß er zum Festland, um seinen Ausschweifungen und Saufereien nachzugehen.«

»Ich hab nicht übel Lust, euch beide hierzubehalten«, sagte Belinda.

»Es ist wirklich nur wegen Jeremy, Tante Belinda. Er hat Angst, daß er sich vielleicht etwas ungemütlich fühlt, wenn er allein geht.«

»Hm! Du bleibst nicht zu lange, Jeremy?«

Mit einem bösen Blick auf Jane versprach Jeremy, ganz früh zurückzukommen.

Sie fuhren mit Gillian und ihrem Fischerfreund, Mike Hanlon, in Mikes Kombiwagen. Selbst für das brüderliche Auge war Gillian eine Augenweide, und es war nicht zu übersehen, daß es Mike ziemlich schlimm erwischt hatte, den armen Tölpel. Jane war wie immer blitzsauber, ungeschminkt und selbstbewußt. Diesmal trug sie ein Kleid statt der Jeans. »Franzosen«, meinte sie, »halten nichts von Unisex.« Es lag Jeremy auf der Zunge zu sagen, die Herren wären mit den erwachsenen Mädchen sicher schon so beschäftigt, daß sie kaum auf die arme kleine Jane achten würden, aber er hielt sich zurück, obwohl er sich immer noch über ihre Unverschämtheit ärgerte. Doch das Mädchen war so aufgeregt vor Freude über ihr Debüt, wie sie es nannte, daß er es nicht übers Herz brachte, sie zu kränken. Natürlich war es völlig verkehrt, mit dieser irren kleinen Hexe auch noch nachsichtig zu sein, aber er würde dennoch bei ihr bleiben, um ihr Blamagen und Enttäuschungen soweit wie möglich zu ersparen, und wahrscheinlich würde das arme Ding dann ganz froh sein über Tante Belindas Gebot und gerne früh nach Hause gehen.

Vor der Halle trafen sie Edward Fenton. Er hatte sich feingemacht und sah tadellos aus. Etwas verlegen sagte er: »Ich habe noch gezögert hineinzugehen.« Dann, an Mike Hanlon gewandt: »Ich bin sehr gespannt darauf, eure Tänze zu sehen. Meine Wirtin hat mir versichert, ich dürfe ruhig dabeisitzen und zuschauen und solle mir keine Gedanken darüber machen, ob meine Gegenwart den jungen Leuten vielleicht lästig ist. Ich vertraue darauf, daß Sie mir ehrlich sagen, ob ich möglicherweise als Störenfried angesehen werde.« Er hüstelte leise. »Es macht mir auch überhaupt nichts aus, wieder nach Hause zu gehen, zumal es spätabends im Radio noch eine hochinteressante Sendung über Dialekte der Ureinwohner gibt.«

Mike sagte gutmütig in seiner rauhen Art: »Sie sind überhaupt nicht im Weg, ist doch klar, und es kann sein, daß die Sie auch nicht die ganze Nacht so ruhig in Ihrer Ecke sitzen lassen.«

»Sie müssen mit mir tanzen, Edward«, sagte Jane. »Ich bin eine Debütantin.« Er erwiderte: »Da gratuliere ich, meine Liebe.« Nach angemessener Pause sagte Gillian: »Und auch mit mir!« Der arme alte Fenton gehörte zu der Sorte, zu der die Mädchen immer auf eine mütterliche Art lieb sind, dachte Jeremy, vielleicht zum Ausgleich dafür, daß sie beim besten Willen auf andere Art nicht lieb zu ihm sein können. Dank der Motorbootfahrten hatte er sich inzwischen wie jeder andere daran gewöhnt, Edwards hölzernes Wesen hinzunehmen, aber die Aussicht, ihn den ganzen Abend am Hals zu haben, machte alles noch schlimmer. Als sie jedoch hineingingen, verließ sie Edward mit der gemurmelten Entschuldigung, er werde erst später Anspruch auf seine schmeichelhaften Vergünstigungen erheben, und fing sofort an, sich nützlich zu machen. Er schleppte Stühle herbei, half das Büfett aufbauen und so weiter.

»Mrs. Barry würde es mir nie verzeihen, wenn ich so was nach Hause gehen ließe«, sagte Mike und grinste.

Die Halle war gedrängt voll. Jeremy sah sich schnell um. Wie erwartet, waren keine Jungen und Mädchen in Janes Alter da. Erst als sie ihn darauf aufmerksam machte, merkte er, daß auch niemand in seiner Altersgruppe da war. Aufmunternd sagte sie: »Aber mach dir nichts daraus. Im Schummerlicht siehst du wie achtzehn aus, und die Mädchen werden alle verrückt nach dir sein, denn es sind nur fünf Franzosen greifbar, und da ist so ein Engländer immer noch für ein paar Wonneschauer gut.« Sie sah zu Edward hinüber, der gerade eine Ladung Teetassen auf einem Tablett balancierte. »Der arme Edward ist ein bißchen zu griesgrämig und pedantisch, der ist kein ernsthafter Rivale für dich. Ich werde dich erst mal einführen, und ich wette, du bist ein absoluter Hammer.« Sie zog ihn geschwind an der Hand hinter sich her, um ihn der Weiblichkeit des Ortes vorzustellen. Die Mädchen scherzten und neckten sie alle, was das für eine

Überraschung sei – sie hier! Und was sie schon für eine erwachsene junge Dame wäre, nicht wahr? Die Männer schoben sich heran und baten um Tänze, alle überschwenglich herzlich und gleichzeitig so ungeheuer respektvoll! Was für ein Dummkopf war er gewesen! Das hätte er doch wissen müssen, obgleich sie ein Schulmädchen und fehl am Platze hier war, daß es für sie immer und überall auf Inishcarrig so sein würde: die stolze, herrische Jane O'Malley, die gebieterisch auftreten konnte, weil sie eine der großen O'Malleys war, denen die Insel mit Land und Leuten untertan war. Als er eine Runde mit sieben oder acht Mädchen hinter sich hatte, sagte sie: »Für den Anfang muß dir das genügen. Sie sind schon alle ganz hingerissen von dir. Jetzt tanzen wir einmal, und dann kannst du dein Glück wieder alleine versuchen.«

Sie zog ihn zur Mitte der Tanzfläche, und die Kapelle setzte mit einem Walzer ein. Rachsüchtig sagte er: »Vielen Dank, aber ich habe leider keine Zeit, mir die hingerissenen Mädchen alle vorzunehmen. Ich muß dich nach Hause bringen, wie du weißt.« Sie erwiderte: »Jeremy Morgan, tu mir einen Gefallen und hör mit dem Unsinn auf.«

Sie stritten sich während des ganzen Tanzes, und als sie ihn stehenließ, fühlte er sich durch und durch wie ein Morgan. Eine Weile lungerte er herum und sah zu, wie sie mit diesen speichelleckenden, unterwürfigen Eingeborenen umging. In der Laune, in die er sich durch ihre Schuld hineingesteigert hatte, empfand er nicht die leiseste Neigung, sich mit diesen dummen Gefolgsleuten der Häuptlingssippe zu verbrüdern, mit diesem primitiven Volk, das mit allen Mitteln versucht hatte, Ann um ihre Rechte zu bringen. Er mußte jedoch fürchten, daß seine Zurückhaltung als Schüchternheit ausgelegt wurde, denn ein kicherndes Mädchen, das nebenbei ganz nett aussah, fragte ihn, ob er keine Lust zu tanzen habe. In diesem Augenblick sah er, wie Jane sich in die Arme des französischen Kapitäns begab.

Da wollte Jeremy dieser Teufelskatze doch einmal zeigen, was er für ein Kerl war, und siehe, die Nachfrage nach ihm war tatsächlich ungeheuer. Jane ließ keinen Tanz aus, aber Jeremy auch nicht, und er hoffte nur, daß sie mitbekäme, wie sich die Mädchen fast um ihn balgten. Was sie wirklich an ihm faszinierte, war sein blondes Haar, und einer jungen Dame gelang es, sich mit einem Nagelscherchen eine kleine Locke zu sichern.

Es gefiel ihm. Sie waren alle natürlich etwas grob, aber es war für ihn eine neue Erfahrung, und vielleicht war das der Grund, daß er sich mit ihnen besser amüsierte als mit den Puppen aus den Discos. Das Ganze war ein großer Spaß, ein unschuldiger, etwas rauher Spaß. Er behielt Jane im Auge, denn man wußte ja nie, ob sich diese Franzosen an die Spielregeln hielten, aber bald sah er, daß das nicht nötig war. Alle Inselbewohner, Männlein wie Weiblein, wachten streng über diesen kostbaren Sproß der O'Malleys.

Gegen Mitternacht dachte er mit schlechtem Gewissen, das sei wohl das Äußerste, was Belinda noch als »früh« durchgehen ließ, aber es war unmöglich, Jane losreißen zu wollen, so daß er es wieder vergaß und sich weiterhin aufs beste unterhielt.

In der Halle war es heiß geworden, und man hatte die großen Außentüren aufgemacht, um Luft hereinzulassen. Jeremy hatte es aufgegeben, die Regeln eines schweißtreibenden Wettstreits, genannt »Die Mauern von Limerick«, verstehen zu wollen, und fragte seine Partnerin, ein nettes, fröhliches Mädchen, zwar etwas pummelig und mit dicken Knöcheln, aber hier waren fast alle Mädchen wie robuste Ponys gebaut, ob sie Lust auf Limonade habe. Edward Fenton hörte es zufällig und erbot sich sofort, ihnen welche zu bringen. Er gab sich wirklich gewaltige Mühe, jedermann dienlich zu sein. Er lief eifrig mit wichtiger Miene durch die Menge, und das fröhliche Mädchen setzte sich auf einen der Stühle an der Wand und fächelte ihrem hochroten Gesicht mit dem Taschentuch Luft zu. Jeremy rückte etwas von ihr ab, lehnte sich gegen den Türpfosten und wischte sich über die Stirn.

Einer der Franzosen kam zur Tür und holte tief

Luft. Jeremy nickte ihm freundlich zu. Der Mann hielt eine unangezündete Caporal zwischen den Fingern. Jeremy sagte mit einem Akzent, den schon eine Reihe von Französischlehrern mit Schaudern erfüllt hatte: »*Je regrette, je n'ai pas des allumettes.*« Der Mann antwortete lächelnd mit einem Wortschwall, den Jeremy nicht verstand, beklopfte seine Taschen, als ob er Streichhölzer suchte, und zischte plötzlich leise: »Isch 'ab die Paket. Su ab'olen. Wir fahren weg drei Uhr *après-midi. Demain.* Am Kai du 'olen? Wann? Du sagen!« Jeremy starrte ihn an. Ungeduldig schnalzte der Mann mit der Zunge. »Morgan, rischtisch?« Jeremy nickte. »*Alors!* 'olen in die Nacht? Is' ruhisch dann. Wann? Du sagen!« Edward bahnte sich seinen Weg zu ihnen, in den erhobenen Händen über den Köpfen der anderen je ein volles Glas schwenkend wie ein Kellner im Lustspiel. »*Vite!*« Der Mann kniff die Augen zusammen. »Jetzt sagen!«

»Um zehn Uhr morgen am Kai. *Demain. Dix heures.* Kai«, sagte Jeremy verzweifelt, als Edward strahlend und stolz auf sie zusteuerte. Der Mann stieß noch ein paar unverbindliche Sätze hervor, blies mit zusammengelegten Fingerspitzen dem fröhlichen Mädchen einen Kuß zu und verschwand in der Menge.

»Marseiller Patois«, sagte der kenntnisreiche Edward. »Ich dachte mir, du und deine Partnerin könnten jetzt was Kühles zum Trinken gebrauchen.«

Jeremy wandte sich zitternd ab. Er mußte hier heraus. Er drängte sich durch die Menge, um Jane zu finden. Es wurde jetzt sowieso etwas unangenehm hier drinnen; ein paar Kerle waren schon völlig betrunken, und einer lag flach auf dem Boden. Haughtens Drogenkurier tanzte mit in die Seite gestemmten Armen in einem Kreis stämmiger, kichernder Mädchen eine Art von Matrosentanz. Jane tanzte gelassen mit Barry junior. Als die Musik mit einem klagenden Ton vom Akkordeon ausklang – die Musiker waren offenbar auch nicht mehr nüchtern –, sagte Jeremy: »Ich glaube, wir sollten uns auf den Weg machen. Es ist nach eins. Ich werde Mike bitten, uns heimzufahren, das ist für ihn eine Sache von Minuten.«

»Ach jetzt dauert's nicht mehr lang, wir können genausogut noch bis zum Ende bleiben.« Sie sah ihn an und stutzte. »Na schön. Ich würde auch gern laufen, wenn du willst.« Sie blickte ihn prüfend an. »Es sei denn, du willst dann schnell wieder hierher zurück.«

»Nee, will ich nicht. Ich würde auch gern laufen.«

Es tat ihnen wohl, in die klare Nacht hinauszugehen. Es war dunkel, und als Jane über einen Stein stolperte, forderte er sie auf, sich bei ihm einzuhängen. Es war angenehm und tröstlich, ihren Arm zu spüren, es gab ihm das Gefühl, nicht allein zu sein – und doch wußte er, daß er letztlich ganz allein war. Wie schön wäre es gewesen, wenn er Jane alles erzählen könnte. Sie würde zwar nicht helfen können, aber schon sich mitzuteilen wäre eine Erleichterung gewesen. Aber es war unmöglich, ein kleines Mädchen damit zu belasten. Dennoch wußte er komischerweise, sie würde, obwohl ein Plappermaul, notfalls völlig verschwiegen sein.

Auf diesem Heimweg allerdings war sie nicht so gesprächig. Wahrscheinlich war sie müde. Sie fragte, ob er müde sei.

»Nun ja, wurde ein bißchen stickig da drinnen.«

»Für Inishcarrig warst du heute nacht ein Geschenk des Himmels, das war nicht zu übersehen. Du hast dich doch auch amüsiert, Jeremy? Jedenfalls die meiste Zeit?«

»Na klar. War sehr nett.«

Als sie sich Gute Nacht gesagt hatten, drehte sie sich noch einmal um. »Jeremy, ist da vielleicht was...« Sie brach ab. »Vielen Dank, daß du mich begleitet hast, wenn auch unter Zwang. Ich danke dir nicht dafür, daß du mich nicht vor Tante Belinda verraten hast, denn das würdest du nie tun. Wir sind zwar Feinde, weil die Umstände so sind, aber wir wissen doch beide, darüber hinaus können wir uns aufeinander verlassen, Feuerbart, hab ich recht?«

Es fiel ihm absolut keine Pointe mit der Piratenkönigin als Antwort ein. Er brachte nur noch heraus: »Na klar.«

Am Morgen schwänzte er die Stunde bei Maurice Sweeny. Er verließ das Haus nicht, bis der französische Kutter außer Sicht war.

Zwei Tage später kam Sidney Haughten mit der Fähre an.

9

Sidney tauchte unangemeldet in Grangemore auf. Er kam direkt von der Fähre. In der Diele küßte er Gillian mit bewährter Könnerschaft, und die Wonneschauer liefen ihr wieder den Rücken hinab. Seine silbergrauen Augen funkelten sie an.

»Hat die Ferne die Sehnsucht vertieft, mein Liebling?«

»Du Biest«, sagte Gillian. »Wieso denn? Du hast ja nie auf meine Briefe geantwortet.«

»Ich ziehe es vor, die Antwort persönlich zu überbringen. Aber ich versichere dir, jedes Wort von dir hat mich entzückt. Es gab Zeiten, da war ich drauf und dran herzueilen, um dich aus all den Fehden und diesem wüsten Durcheinander zu erretten. Aber ich sagte mir, die Meduse hält sogar noch auf einer Kannibaleninsel grausame Wacht.«

»Ich glaube, sie ist jetzt nicht mehr so schlimm, Sidney.«

»Dann geht von Inishcarrig wohl eine mildernde Wirkung aus, aber ich muß sagen, ich bin ja schon ungeheuer erleichtert, daß ich dich besuchen kann, ohne daß mir auf der Stelle das Blut in den Adern gefriert.« Er strich ihr über den nackten Arm. »Es ist unglaublich, aber mir scheint, du bist noch hübscher geworden. Ich hoffe ja nur, daß du jetzt ein großes erwachsenes Mädchen bist, Liebling, das sehr, sehr nett zu seinem guten geduldigen Sidney sein wird.«

Gillian erschauerte wieder, aber es war eine andere Empfindung. Sie schämte sich, daß sie immer noch so ein kleines, dummes prüdes Ding war. Das überspielend sagte sie: »Komm mit, ich zeig dir die schrecklichen O'Malleys.«

An diesem regnerischen Nachmittag hatten sich alle zufällig im Wohnzimmer eingefunden. Sogar Edward Fenton war da und gerade damit beschäftigt, die Schachfiguren aufzustellen. Gillian war sehr stolz, als sie Sidney vorstellte, und sie versuchte, ganz lässig zu sein, so als wäre es das Natürlichste von der Welt, daß ein solcher Mann bis nach Inishcarrig reist, nur um sie zu sehen.

Sidney hatte eine so starke Ausstrahlung, daß er auf Partys immer rasch im Mittelpunkt stand, und im Grunde hätte er den gesellschaftlich so isolierten O'Malleys hochwillkommen sein müssen, aber selbst er vermochte es nicht, diesen Nachmittag mit Leben zu erfüllen. Es gab Tee, es wurde geplaudert, es war etwa wie im Pfarrhaus. Auch von Jeremy kam kein Anstoß, er saß verdrießlich herum und sah krank aus, beteuerte aber auf Belindas Frage, es gehe ihm gut, und hier, wo nun Janes albernes Geschwätz endlich einmal nützlich gewesen wäre, verwandelte sie sich in ein viktorianisches Mädchen, von dem es heißt, daß es gesehen, aber nicht gehört werden soll. Nicht, daß es an Konversation gefehlt hätte oder unbehagliche Pausen entstanden wären, dazu waren sie zu wohlerzogen, nein, es war einfach so, daß sich jedermann die ganze Zeit über völlig steif und untadelig verhielt. Gillian war sehr enttäuscht.

Der einzige, der völlig natürlich blieb und sich so verhielt wie immer, nämlich untadelig, da er gar nicht anders konnte, war Edward. Er war sehr von Sidney eingenommen. Er wollte ihn unbedingt dazu überreden, bei Julia Casey zu logieren statt bei Barry.

»Da werden Sie wunderbar umsorgt, Miss Casey ist eine so liebe, mütterliche Person und eine exzellente Köchin. Ha ha! Da müssen Sie freilich auf Ihre Linie achten!«

»Das klingt wirklich großartig«, sagte Sidney höflich wie der Pfarrer. »Aber Barry war mir schon empfohlen worden.«

»Ach du lieber Gott«, sagte Sidney, als sie draußen waren, »das ist ja eine Sippschaft!« In diesem Augenblick hielt Anns Wagen an, mit dem sie auf dem Weg zur Klinik war. »Du heiliger Strohsack«, entfuhr es Sidney.

»Sag am besten gleich hallo, dann hast du's hinter dir«, schlug Gillian vor.

Die Begrüßung fiel denkbar kurz aus. Sidney zog die Schultern hoch, als er und Gillian im leichten, aber dichten Nieselregen durchs Dorf gingen.

»Netter kleiner Besen, deine Schwester. Und was ist bloß mit Jeremy los? Hängt herum wie ein kranker Köter.«

Er war den ganzen Weg über sehr übel gelaunt, gar nicht wiederzuerkennen. Allerdings war wahrscheinlich die längste Strecke, die er seit Jahren im Regen gegangen war, der Weg zwischen Auto und Haustür gewesen. Dummerweise hatte er auch mit seiner Meinung über Barry nicht hinterm Berg gehalten. Dabei nahmen die Inselbewohner jede kleinste Kritik im Zusammenhang mit Inishcarrig sehr krumm, und so verhärtete sich Mrs. Barry augenblicks, als sie von ihm kein Wort der Anerkennung über ihr bestes Zimmer vernahm.

»Schicken Sie jemand zum Kai, um meinen Koffer zu holen«, befahl er, »und lassen Sie einen Drink für die Dame raufkommen. Martini, Gillian?«

Erstaunlicherweise nahm Sidney selbst niemals Alkohol zu sich, ein weiterer Minuspunkt für ihn auf Inishcarrig. Hier war alles falsch, was er tat oder sagte. Mrs. Barry blickte ausdruckslos auf »die Dame« und sagte: »Gillian nimmt nichts – außer Mineralwasser.« Viele Leute waren schon bleich geworden, wenn Sidneys Augen sich zu Schlitzen verengten und seine Lippen nur noch ein Strich waren, aber Mrs. Barry behielt ihre roten Backen und verharrte ungerührt. Sidney zog zischend den Atem ein, aber zu Gillians Erleichterung stieß er nur schroff hervor: »Das ist alles, danke.«

»Dann gehen wir also«, sagte Mrs. Barry mit Betonung des Pluralpronomens und blieb unerbittlich so lange stehen, bis Gillian gehorsam mitkam. Auf der Treppe sprach sie kein Wort, ein Zeichen, daß ihre Mißbilligung noch größer war als ihre übliche unersättliche Neugier. Sie quittierte Gillians hastige und verlegene Bemerkungen über ihren Freund mit einem Kopfnicken und den Worten »Ich verstehe«. Sie ließ Gillian am Kamin des Eßzimmers stehen und ging. Fast sofort kam Sidney nach unten.

»Ist der Anstandswauwau weg?«

»Ach Sidney, es ist so lächerlich. Aber sie leben hier eben noch im vergangenen Jahrhundert.«

»Siehst du, wie mich meine Gastgeberin schikaniert? Gibt mir ein Zimmer, dessen einziger Vorzug dieses riesig breite Doppelbett ist.«

Gillian hatte das einladende Format auch bemerkt. Innerlich war sie über Mrs. Barry froh.

»Armer Sidney! Es wird noch eine Weile dauern, bis du merkst, wie man's hier richtig macht.«

»Also selbst auf Inishcarrig wird's etwas geben, was man überall auf die gleiche Weise macht.«

»Ja, aber hier müssen die Unbefugten besonders schlau und listig sein, um ungestraft davonzukommen.«

»Also gut. Kein Bett! Was soll's. Die strenge

Moral des vorigen Jahrhunderts ist vielleicht ein weiteres erotisches Stimulans.« Er setzte sich neben sie. »Ich werde hier lernen müssen, meinen Mann zu stellen wie ein Hinterwäldler. Du zeigst mir's doch, mein Liebling, nicht wahr? Ich hoffe ja, daß es wenigstens hie und da mal aufhört zu regnen.«

Er legte seine Hand auf ihr Knie und schob sie langsam nach oben. Eine Luke in der Wand ging auf. Mrs. Barry streckte ihren Kopf hindurch. »Wollen Sie Mixed Grill oder Eier mit Speck zum Tee?«

Während der zwei Tage seines Aufenthalts hörte es nicht mehr auf zu regnen. Sidneys sexuelles Verlangen mußte vor diesem Hindernis kapitulieren, und Gillian durfte demgemäß ihre nichtsnutzige Jungfräulichkeit behalten, ohne sich zu blamieren, und sie war dem irischen Regen für seine beruhigende Wirkung sehr dankbar. Abgesehen von ihren blödsinnigen Hemmungen fand sie auch Sidney hier nicht mehr so anziehend wie in London, und sie ertappte sich dabei, daß sie ihn mit Mike Hanlon und anderen Verehrern auf der Insel verglich und dabei über seine Haltung ihr gegenüber verstimmt war. Jeder dieser Männer würde genauso weit gehen, wie sie es ihm erlaubte, sogar bei Gewitter; sie überließen ihr die Entscheidung und warben um sie mit einer altmodisch achtungsvollen Verehrung, die sie als angenehme neue Erfahrung schätzte. Für diese Männer war sie ein begehrenswertes, hübsches Mädchen, für Sidney aber nur ein Sexualobjekt, so nützlich und bequem wie eine sanitäre Installation.

Aber von diesen Gedanken ließ sie sich beileibe nichts anmerken, denn Sidney war für ihre Zukunft lebenswichtig. Außerdem überlegte sie sich, ob es nicht die Atmosphäre Inishcarrigs war, die ihn in ihren Augen vorübergehend herabsetzte; nach London zurückgekehrt, würde er wieder zur Geltung kommen, wie es ihm zusteht, und in Chelsea oder Soho wären diese Inselbübchen, mit ihm verglichen, doch nur der größte Witz der Weltgeschichte. Sie verbrachte ihre Zeit ausschließlich mit Sidney und versuchte, ihn bei Laune zu halten, doch anscheinend gab es nur eines, was ihn zufriedengestellt hätte, das nämlich, was das Wetter und Mrs. Barry ihm verweigerten, und die Langeweile machte ihn ganz verrückt.

Etwas peinlich war es allerdings, daß er das überhaupt nicht verhehlte. Er äußerte sich spöttisch über die Inselbewohner, sogar in ihrem Beisein, wohl in der Annahme, sie wären sowieso zu schwer von Begriff, um das zu verstehen, und schaute dann beifallheischend zu Gillian, um den Spaß an seinen verdeckten Schmähungen mit ihr zu teilen. Gillian hatte gehofft, Inishcarrig mit so einem Freund imponieren zu können, doch jetzt mußte sie ständig nach Entschuldigungen suchen, denn zunächst war ihr das Wohlwollen der Inselbewohner noch viel zu wichtig. Zu Mike sagte sie: »In seiner eigenen Umgebung ist er nämlich ein ganz großer Mann, verstehst du?«

»Jedem Hahn sein Misthaufen«, gab Mike zurück, »aber er braucht sich nicht einzubilden, er könnte auf unserem Misthaufen krähen.«

»Es ist schon toll, wie arrogant diese Impresarios sein können. Ich meine, er spielt sich nicht auf, weil er auf Inishcarrig ist, der ist auch so in London, ehrlich.«

»Ein Wunder, daß er noch am Leben ist.«

Gillian lachte leise und machte große, runde Augen. Ein bewährtes Mittel, um Mike zum Schmelzen zu bringen. »Er denkt sich nichts dabei, Mike, mein Lieber, und ich muß doch auch an meine Karriere denken.«

»Wenn du bloß deine Karriere sausen ließest. Brauchtest nur zu warten, bis ich soweit bin und meine kleine Fischfangflotte beisammen habe ...« Mike verlor sich wieder in romantische Träume, die niemals, wie er wissen mußte, in Erfüllung gehen würden. Er war ein Schatz, aber welches Mädchen, das bei Sinnen war, könnte sich vorstellen, in Dunbeg zu sitzen und ein Leben lang abends auf Mike zu warten, der mit Schwärmen reizender silbriger Schuppenleiber heimkehrt? Da wäre ja Sidney in seiner schlimmsten Verfassung noch besser.

Im Augenblick zeigte sich Sidney tatsächlich in schlimmster Verfassung. Seine Anziehungskraft hatte zum Teil auf der gefährlichen, wenn man will lasterhaften, Ausstrahlung beruht, die man spürte. Er konnte zynisch sein, sarkastisch, rücksichtslos, grausam. Aber jetzt war er einfach schlecht gelaunt und verdrossen, so wie einer dieser kleinen Vorort-Pendler mit Magengeschwüren, deren kleine besorgte Frauen verzweifelt versuchen, Daddy wieder aufzuheitern. Gillian hatte jetzt genug von ihm, denn er hatte sich überall so unbeliebt gemacht, daß es sogar auf sie abzufärben drohte.

Nur Edward war nach wie vor von ihm beeindruckt. Sidney fluchte schon, wenn er den verdammten kleinen Wichtigtuer näher kommen sah, konnte ihn aber nicht abschütteln.

»Ich glaube, der arme Edward ist so daran gewöhnt, schlecht behandelt zu werden, daß das für ihn völlig normal ist«, sagte Gillian. »Aber Männer wie dich verehrt er ungeheuer.«

Sidney bemerkte, diesem Wurm hätte man nie erlauben dürfen, die Rockzipfel seiner Mammi loszulassen. Da er aber andererseits bis zur nächsten Fährenabfahrt auf Inishcarrig festgesessen hätte, wenn Edward ihm nicht mit Freuden seine Dienste und sein Motorboot zu jeder gewünschten Zeit angeboten hätte, war er Edward gegenüber nicht ganz so ekelhaft, wie er es sonst gewesen wäre.

Es machte Jeremy rasend, wie seine Schwester,

diese dämliche kleine Ziege, stolzgeschwellt herumlief und sich einbildete, dieser Gauner sei nur ihretwegen hier. Es drängte ihn, ihr über diesen Burschen reinen Wein einzuschenken – obwohl jeder außer einem Schwachkopf ihn jetzt, da er nicht mehr auf seiner eigenen Bühne stand, sofort durchschaut hätte. Aber Jeremy konnte sich nicht darauf verlassen, daß diese dumme Gans ihrem Sidney verschweigt, was sie plötzlich über ihn erfahren hat. Er wußte nicht, was daraus entstehen könnte, und wollte nichts riskieren. Noch nicht. Er würde Sidney so lange nicht herausfordern, bis er alles bis ins kleinste durchdacht hatte.

Sidney hatte einen Wutanfall bekommen, als er hörte, daß Jeremy die Sache nicht besaß, deretwegen er hergefahren war. »Der Kutter hatte schon abgelegt, als ich zum Kai kam«, sagte Jeremy. »Der Mann hat sicher die Zeit falsch verstanden.«

»Das Import- und Exportgeschäft«, sagte Sidney sanft, »ist zu wichtig, als daß man sich erlauben dürfte, etwas falsch zu verstehen.«

»Also jedenfalls hat einer von uns da was durcheinandergebracht. Was erwartest du denn, wenn sein Englisch so mies ist wie mein Französisch?« Sidney nahm das so unbewegt auf, daß Jeremys Selbstbewußtsein wuchs. »Ich versteh auch nicht, was dieser Krimi soll, diese heimliche Päckchenübergabe, es sei denn, ihr spielt ein Spiel.«

»Du verstehst das nicht, Jeremy?«

»Nein, ich verstehe das nicht, und es gefällt mir auch nicht, daß du meiner Schwester was vormachst, warum du wirklich hergekommen bist. Also schön, ich war blöd genug, um mitzumachen, jawohl, ich war einverstanden, doch nun ist es halt passiert, daß einer von uns gepfuscht hat, ich oder der Franzose. Aber von nun an machst du deine Botengänge selbst und läßt uns in Ruhe, Gillian und mich und Inishcarrig, wenn deine Herren hier Station machen.«

»Was du versuchst, ist eine Schuhnummer zu groß für dich, Kleiner. Muß die Seeluft sein.« Sidney lächelte. »Du denkst wohl, du kannst mir entwischen? Da irrst du, mein Bübchen. Ich krieg dich genau dorthin, wo ich will – und wann ich will. Und ich kann der lieben Dr. Ann eine Menge Ärger machen, vergiß das nicht. Was aber Gillian angeht, na du weißt ja, daß ich mit diesem Baby sowieso machen kann, was ich will. Das weißt du doch?« Mit geballten Fäusten machte Jeremy einen Schritt auf ihn zu. Sidney lachte. »Laß das. Versuch nicht, den Helden zu spielen. Hör mir gut zu, du. Irland ist nicht der Zufluchtsort, wie du vielleicht geglaubt hast. Da gibt's eine Menge Leute, die sich gedacht haben, sie könnten in diesem Geschäft kneifen, und weißt du, wo sie gelandet sind? In irischen Leichenschauhäusern. Aber in englischen auch.«

Bevor er mit Edward nach Lishaven fuhr, nahm er Jeremy beiseite. »Die Herren werden bald wieder hier Station machen. Mit einer Sendung, die noch wichtiger ist. Mach diesmal keinen Fehler, Jeremy. Also bis bald.«

In Grangemore hatte sich Gillian gegenüber niemand über ihren Freund geäußert. Belinda sagte nur anläßlich eines Treffens zu Ann: »Heutzutage ist es schwer, die Bekanntschaften junger Leute so zu steuern, wie man es gern möchte.« Und Bill, der Ann mit einem Pfiff aus der Klinik herauslockte, sagte: »Sie sehen aus wie die Glucke, die zuschaut, wie ihr Lieblingsküken Ringelreihen mit dem Fuchs spielt. Brauchen Sie nicht mehr, er ist weg. Kommen Sie, fahren wir irgendwohin.«

Kaum war Sidney verschwunden, kam die Sonne wieder heraus, das Meer schimmerte im Licht, überall brachen Wiesenblumen hervor, und hier stand Bill, in dessen Gegenwart all diese kleineren Naturerscheinungen zu einem Nichts zusammenschrumpften, und Ann war krank vor Liebe. Sie begegneten sich häufig, ja eigentlich unausweichlich, wenn sie spazierenging oder Hausbesuche zu Fuß machte, aber mit ihm in seinem Auto zu fahren, das war doch etwas anderes. Sie sagte verblüfft: »Das ist ja eine offene Verbrüderung.«

»Wen kümmert's? Seien Sie nicht so verdattert, Mädchen.«

Ann stieg hochgemut ein. Sie fuhren langsam

durch das Dorf. Die Leute machten Stielaugen. Anfangs schien Bill zerstreut. Dann fragte er: »Hatten Sie Haughtens Nadelkopfpupillen vorher schon mal gesehen?«

»Nein. Ich traf ihn nur zweimal, ganz kurz. Aber es wundert mich nicht.«

»Ich nehme an, er ist ein alter Hase auf dem Gebiet, der sich eisern in der Gewalt hat. Meine arme Glucke!«

»Ich war entsetzt, als er Gillian hierher verfolgte, ich hatte gehofft, die Verbindung sei abgebrochen.«

»Mein liebes Mädchen, Gillian wird ihr eigenes Leben leben, und dagegen können Sie nicht viel tun.«

»Aber ich muß es versuchen, Bill.«

Er zuckte die Achseln und gab Gas. Er fuhr viel zu schnell für die enge Straße. An der westlichen Landspitze angelangt, verließ er die Straße und fuhr auf den durchfurchten, holprigen Dorfanger. Er hielt an, wo das Kliff jäh abfiel zu einem kleinen blaßroten Sandstrand, der von zwei vorspringenden lila schimmernden Felsen eingefaßt war. »Es gibt da links einen Weg hinunter, einen Ziegenpfad, den Sie vielleicht gerade noch schaffen können.« Beim Hinabklettern sagte er: »Ich habe das hier immer für einen idealen Schlupfwinkel gehalten, wenn man mal ein Mädchen mitbringt. Wenn man nämlich unten ist, kommt man so schnell nicht mehr weg. Aber wie Jane schon so freundlich bemerkte, sind meine Ausschweifungen ja aufs Festland beschränkt.« Selbst Bill war außer Atem, als sie unten ankamen. Mit dem Rükken bequem gegen den glatten Felsen gelehnt, ruhten sie sich auf dem blaßroten Sand aus. »Also! Ich habe Ihnen was Wichtiges mitzuteilen, Dr. Ann Morgan, und deswegen habe ich mit Bedacht dieses Plätzchen ausgesucht, das keine Störung zuläßt.«

»Ich glaube, ich weiß, um was es geht.« Sie lächelte, als sie sein überraschtes Gesicht sah. »Tut mir leid, daß ich den Höhepunkt Ihrer großangelegten Erklärung schon vorwegnehme, aber sehr scharfsinnig brauchte man nicht zu sein, um zu erraten, was mit dieser gemeinsamen Fahrt durch Inishcarrig bezweckt wurde. O Bill, ich bin so glücklich, daß Sie sich entschieden haben, diesen unsinnigen Amtsarztkrieg endlich zu beenden. Er hat jedem, der betroffen war, nur Nachteile gebracht.«

Er hatte ein paar Steine aufgenommen und zielte damit auf einen Felsblock neben der Brandung. »Sie haben sicher kürzlich ein paar Schlachten gewonnen, Doktor, aber es war doch unerfreulich zu sehen, daß der Krieg immer noch zugange war.«

»Was mich am meisten dabei schmerzte, war die Auswirkung auf Sie.« In seinem Interesse zwang sie sich, unverblümt die Wahrheit zu sagen. »Ich glaube, jetzt fängt sogar Ihre Tante schon an, sich Sorgen über Sie zu machen. Bill, seit zwei Jahren haben Sie sich einfach treiben lassen. Sie haben doch nicht im Ernst angenommen, daß das Ministerium Ihnen nachgeben würde? Und die Kontroverse haben Sie weiterhin als Alibi für Ihren Müßiggang benutzt. Seit meiner Ankunft hier staune ich über Sie. Es ist unglaublich, wie Sie Ihre Zeit vergeuden.«

Ein Stein hüpfte über den flachen Felsen. »Getroffen! Tatsache ist, ich habe keineswegs meine Zeit vergeudet, seit Sie hier ankamen.«

»Keiner hält so lange Ferien aus. Kein vernünftiger Mensch will das.«

»Ich versichere Ihnen, ich habe die letzte Phase meines Nichtstuns sehr wohl genutzt. Aber warum gleich so dogmatisch? Als ganz normaler Mensch im üblichen Sinne möchte ich Ihnen sagen, daß ein immerwährender Urlaub genau nach meinem Geschmack ist, natürlich samt angemessenem Einkommen, mit dem ich ihn genießen kann. Jedoch, die traurige Wahrheit ist, der ganze Kies ist beinahe aufgebraucht, und ich muß mir wieder mal einen Job besorgen, um die Kasse aufzufüllen.«

»›Das tut er nur, die Welt zu ärgern, dieweil er weiß, es schmerzt sie!‹ Die Medizin ist doch kein Job, das wissen Sie genau. Sie ist ein Lebensinhalt.« Ernsthaft kämpfte sie für sein Wohlergehen, ja sie rang um die Seele des Geliebten. »Sie ist Kunst und Wissenschaft in einem. Sie enthält alles, um darin Befriedigung zu finden. O Bill, lassen Sie doch die Faxen. Sie könnten ein guter Arzt sein. Werden Sie endlich einer, bevor es zu spät ist. Sie werden sehen, es gibt keine größere Erfüllung.«

»Doch, Dr. Ann, doch! In diesem Augenblick denke ich an eine größere Erfüllung.« Er griff nach ihr und zog sie zu sich. »Komm her, geliebter Feind! Ich hab dich nicht hergebracht, um das Ende der Fehde zu verkünden, sondern um dir zu sagen, daß ich dich liebe ... Daß ich dich liebe ... daß ich dich liebe ... so ... und so ...« Nach einer langen Pause sagte er: »Ich war mir ziemlich sicher, daß du mich auch liebst, aber es ist sehr hübsch, das genau zu wissen.«

»Ja. Ich liebe dich sehr«, sagte Ann bekümmert.

Wieder gab es eine lange Pause. Dann sagte Bill: »Tante Belinda wird vor Freude in die Luft springen. Sie glaubt, du bist genau die Frau, die einen Mann aus mir macht.« Auf einmal sah Ann viele Rätsel gelöst. Bill lachte. »Mein liebstes Mädchen, wenn sie nicht meinetwegen ein Auge auf dich geworfen hätte, wäre schon dafür gesorgt worden, daß man dich längst von hier vertrieben hätte. Man könnte sagen, sie hat um meinetwillen das Opfer ihres Lebens gebracht. Sie konnte es kaum fassen, als sie merkte, daß ich mich in dich verliebte.« Er hielt Ann etwas von sich ab und betrachtete sie prüfend. »Ich kann es selbst kaum fassen. Du siehst ganz passabel aus, aber mehr auch nicht, und du paßt auch gar nicht im Typ zu meinen sonstigen Freundinnen. Also wirklich, ich kann nicht begreifen, warum ich mich ausgerechnet an so eine moralisierende kleine Paukerin binden will.«

Ann rückte von ihm ab. »Bill, heißt das, du willst mich heiraten?«

»Ja, ich dachte mir, das liefe im großen und ganzen darauf hinaus. Es sei denn, du möchtest lieber in Sünde leben. Inishcarrig gebe ich natürlich auf. Wir gehen zusammen nach London zurück. Du folgst deiner Berufung und kümmerst dich um laufende Nasen, Rheuma und Bronchitis, und ich glaube, ich werfe mich auf Haut. Ich habe mir schon immer gedacht, ein Hautarzt hat ein angenehmes und ergiebiges Fachgebiet, und seine Patienten, wie schon eine alte Redensart sagt, werden nie geheilt, sterben nie und rufen einen nachts niemals raus. Andererseits, wenn ich's recht bedenke, ein aufstrebender junger Arzt kann heutzutage natürlich auch mit Abtreibungen eine Stange Geld verdienen.«

»O Bill, bitte hör auf!«

»Dacht ich's mir doch, daß du keinen Abtreiber in der Familie willst. Ich werde mich mit der Haut begnügen. Schwatz ich zuviel? Bin ich dir zu albern? Sonderbar! Es muß daran liegen, daß ich so glücklich bin.«

Ann schrie es fast: »Hör auf, Bill! Ich werde dich nicht heiraten.«

Es gab eine lange Pause. Schließlich sagte er: »Ich bitte um Verzeihung. Ich habe offenbar zuviel vorausgesetzt. Doch erlaube mir festzustellen, daß ich nur durch eine Bemerkung von dir verleitet wurde. Du hast nämlich gesagt, daß du mich liebst. Vielleicht nur momentan entflammt durch die Innigkeit meiner Umarmungen, vermute ich?«

Ann sah ihn unglücklich an. »Ich war von Anfang an in dich verliebt.«

»Na dann ist ja alles in Ordnung«, sagte Bill erleichtert. »Hat's was zu tun mit Gillian oder Jeremy? Mein liebes Mädchen, sei versichert, daß die beiden mein eheliches Glück nicht im mindesten schmälern werden. Ich hab sie nämlich gern.«

»Und umgekehrt genauso. Das ist es nicht.« Ann nahm all ihren Mut zusammen und stieß verzweifelt hervor, warum sie ihn nicht heiraten könne. Es war ihr unmöglich, all die Gründe anzuführen, ohne ihn dabei zu verletzen, aber in diesem Fall hätte ihr niemand Mangel an Takt vorwerfen können, denn niemand hätte es anders darstellen können. Er hörte ihr unbewegt zu. Als sie fertig war, stellte er sachlich fest: »Ich verstehe. Du liebst mich und verachtest mich.« Ann schwieg. »Hätte mich jemand anders verschmäht und es mir mit diesen Worten gesagt, wäre ich schon auf und davon, Gott dankend, daß er mich vor einem unvorstellbar grausigen Schicksal errettet hat. Daß ich es mir von dir gefallen lasse, ist zweifellos die Wirkung deines Zaubers.« Liebevoll sagte er: »Du bist weiß Gott die überheblichste, selbstgefälligste Tugendtante aller Zeiten.«

Ann stand auf. »Es ist sicher leichter für uns, wenn wir uns in Zukunft so wenig wie möglich begegnen.«

»Glaub das bloß nicht!« Er spazierte mit ihr zum Ziegenpfad. »Ich werde im Gegenteil alles tun, um dich mürbe zu machen. Da fällt mir ein, könntest du vielleicht erwägen, in der Zwischenzeit schon mal in Sünde zu leben? Das würde dich ja in keiner Weise festlegen oder kompromittieren.«

Schon die Berührung seiner Hand hätte genügt, sie wieder anderen Sinnes werden zu lassen. Sie wußte es und hatte Angst davor. Deshalb sagte sie mit fester Stimme: »Nein.«

»Schade. Die Zwischenzeit, bis du mürbe geworden bist, hätten wir etwas vergnüglicher verbringen können. Ich werde mich also, bis es soweit ist, mit Geduld wappnen und keusch bleiben, keusch natürlich nur soweit es dich betrifft, mein Schatz, und mich mittlerweile schon freuen auf ein Leben mit dir, in dem du mich erschrecken, ergötzen und bezaubern wirst.« Von der Spitze des

Kliffs kam ein mißtönendes Gemecker. Am Ausgangspunkt von Bills Privatweg verharrte ein angriffslustiger Ziegenbock und bot den Eindringlingen Trotz. »Der große Pan höchstpersönlich«, sagte Bill, nahm sie fest in die Arme und flüsterte dicht an ihrem Ohr: »Du dummer kleiner Zombie, wach endlich auf!«

»Wir müssen vernünftig sein«, sagte Ann hilflos. »Es würde nicht gutgehen.«

»Verflucht noch mal!« gab Bill zurück. »Du brauchst keinen Ehemann, Mädchen, du brauchst einen gottverdammten Ersatz für Papa, Großpapa und Urgroßpapa, alles in einem!«

10

Bald nachdem Ann ihren Heißgeliebten zurückgestoßen hatte, der sich im übrigen gar nichts daraus zu machen schien, kam eine kleine Gesellschaft mit einer Jacht an und entführte Bill zu einem seit langem verabredeten Ausflug nach Kinsale.

Ann, mit Schwester Driscoll bei einer Bestandsaufnahme in der Klinik, sah und hörte, wie sie fröhlich in und um Grangemore herum ausschwärmten, und bevor sie abfuhren, schwärmten sie auch noch einmal zur Klinik aus. Es waren nur fünf, ein junges, verheiratetes Paar, dem die Jacht gehörte, noch zwei Männer und ein Mädchen, aber sie brachten es fertig, wie ein ganzer Rummelplatz zu wirken. Sie sagten, sie müßten unbedingt die berühmte wehrhafte Ärztin sehen, die der Insel immer noch ungeschlagen Trotz bot. Das Mädchen, eine ganz nett aussehende Schlampe in einem ölbefleckten, scharlachroten Overall, schob den dichten Vorhang braunen Haares aus der Stirn und sagte gedehnt: »Du läßt sie doch nicht die ganzen fünfzehn Runden durchstehen, Bill, mein Schatz?«

Einer der Männer musterte Ann von Kopf bis Fuß und meinte: »Wenn du das machst, gewinnt sie bestimmt nach Punkten, alter Freund.«

Als sie geschlossen hineinmarschierten, um

Anns Campinglager zu bewundern, sagte Bill leise von der Tür her: »Wenn ich zurückkomme, hoffe ich, dich beträchtlich weicher vorzufinden, da du dann hoffentlich weißt, wie sehr ich dir gefehlt habe, Liebes.«

»Aber das weiß ich doch jetzt schon.«

»Du lieber Himmel, Mädchen, kannst du denn nicht wenigstens mal einen schüchternen Versuch machen, deine weiblichen Verführungskünste spielen zu lassen?«

»Nein«, sagte Ann und dachte mit einem Neidgefühl, das ihr neu war, an die hübsche Schlampe, die dergleichen sicher in Menge zur Verfügung hatte. Sie sah zu, wie er mit diesen Leuten seines Schlages wegging, den Arm auf den Schultern des Mädchens. Von innen rief Ellen Driscoll: »Haben Sie die Absicht, die Liste noch zu Ende zu bringen, Dr. Morgan?«

Ann ging ins Sprechzimmer, wo Ellen am Schreibtisch stand, und setzte sich. Müde stützte sie ihre Stirn auf eine Hand und versuchte, sich auf die Liste vor ihr zu konzentrieren. »Ein Blutdruckmesser. Vier Nierenschalen. Sind noch vier da, Schwester?«

»Eine habe ich weggeworfen, die Glasur war angeschlagen. Die haben sich köstlich über Ihren Schlafsack amüsiert, Dr. Morgan. Miss Hanlon hat ihn ausprobiert.«

»Ach ja? Holzspatel. Wie viele?«

Ellen Driscoll war heute besonders mitteilsam. »Von den berühmten Hanlons. Sägewerke. Und Teppiche.«

»Drei Verbandsschalen?«

»Sie hat soviel Geld, sie könnte haben, wen sie wollte, aber sie hat sich Dr. Bill in den Kopf gesetzt. Macht auch kein Geheimnis draus, dabei ist sie erst zwanzig.« Ellen lachte kurz auf. »Aber ziemlich zwecklos, Dr. Bill zu ködern. Der läßt sich nicht so leicht fangen. Der wählt selbst, wenn seine Zeit gekommen ist. Nicht, daß er einem Flirt abgeneigt wäre...«, plötzlich änderte sich der respektvolle Ton, die Stimme bekam einen kaum merklichen spöttischen Klang, »... mit solchen, die darauf aus sind.«

Ann schaute auf, aber das Gesicht über ihr war ausdruckslos, die Hände waren ordentlich gefaltet. Nur in den schwarzen Augen, bevor die Lider sich senkten, funkelte eine Andeutung von Hohn.

»Wollen wir uns jetzt wieder der Liste widmen, Schwester, damit wir fertig werden. Drei Verbandsschalen?«

Sie beendeten ihre Aufgabe ohne weitere überflüssige Bemerkungen. Zwei liebeskranke, eifersüchtige Närrinnen, dachte Ann erbittert, und von nun an war sie entschlossen, jeden Gedanken an Bill aus ihrem Bewußtsein zu verbannen.

Am Wochenende verkündete Bridget Dunne in Grangemore, sie wisse von Patsy Hayes, daß gerade ein halbes Dutzend Tagesausflügler mit der Fähre eingefallen seien. Inzwischen hatte sich auch Jeremy wie alle Inselbewohner angewöhnt, aus jeder kleinsten Abwechslung den größtmöglichen Unterhaltungsnutzen zu ziehen, und sofort brach er mit Jane auf, um sich die Leute anzusehen.

Als sie ins Dorf kamen, gingen gerade drei Frauen mit geblümten Kleidern und Strickjacken, Plastikregenmäntel überm Arm, und ein Mann, der den Hemdkragen über den Sakkorand umgeschlagen hatte, zu Barry. Ein junger Mann mit Bart, der einen Kleidersack über die Schulter geworfen hatte, und ein spindeldürres Mädchen in Hot pants kamen hinterhergeschlendert, sahen kurz in Barrys Schaufenster hinein und gingen ebenfalls ins Haus.

»Diese Tagestouristen essen und trinken in einem fort«, sagte Jane, »wenn die kommen, ist bei Barry immer was los.«

Tatsächlich war schon ein Haufen Leute drinnen. Wie es Sitte war auf Inishcarrig, ließ sich niemand der Einheimischen seine Neugier anmerken, alle hielten sich vor den Fremden zurück, ausgenommen Edward Fenton, der in seinem bekannten Drang, zu lieben und geliebt zu werden, vor Freude strahlte und mit jedem fröhlich schwatzte. Sofort bestellte er Coke und Kartoffelchips für Jane und Jeremy. Er klopfte Jeremy und sich selbst auf die Brust und erklärte dem Mann mit dem umgeschlagenen Hemdkragen aufgeräumt mit lauter Stimme: »Ich wette, Sie haben bestimmt nicht vermutet, daß auf Inishcarrig die Angelsachsen schon so fest im Sattel sitzen, was? Wir haben sogar schon eine englische Ärztin hier« – er boxte Jeremy gegen die Brust – »die Schwester dieses jungen Mannes.«

Jeremy hatte weder Barrys Laden noch seine Bar jemals interessant gefunden, im Gegensatz zu den britischen Journalisten, die in englischen Zeitungen über die funkensprühenden Gespräche in irischen Pubs ungeheuren Quatsch verzapften, und diese Tagesausflügler gehörten auch nicht zu der Sorte, die zur Unterhaltung viel beiträgt, obwohl die vier in Edwards Nähe in dem unerträglichen Singsang ihres Cork-Akzents schrill draufloskreischten. Er sah, daß Jane genauso gelangweilt war. Das Cola, das ihm aufgedrängt worden war, hatte er halb ausgetrunken, als er seinen Namen murmeln hörte. Der bärtige junge Mann hatte sein Mädchen am Tisch gelassen und stand neben ihm. Aus dem Mundwinkel flüsterte er: »Hab was für dich, Morgan. Capito? Ich geh mal aufs Klo, du kommst in einer Minute nach, und ich geb dir's beim Rausgehen. Tschupp und weg!«

Er ging. Jeremy setzte sein Glas mit dem abgestandenen Cola ab. Diesmal war er ganz kaltblütig und ruhig. Er überlegte schnell und folgte dem Mann. Im dunklen Korridor, der zur Toilette führte, kam ihm Sidneys Kurier entgegen. Kein Mensch war sonst zu sehen. Der Mann holte ein Päckchen in braunem Packpapier aus dem schon geöffneten Kleidersack, übergab es Jeremy, als sie sich aneinander vorbeidrückten, und murmelte: »Gehört alles dir, Junge.« Er ging zur Bar zurück.

Jeremy nahm das Päckchen mit in die schäbige Toilette. Nachts brannte hier eine kleine Petroleumlampe, aber jetzt fiel etwas Licht durch ein winziges, in die Mauer eingelassenes Plexiglas-Viereck. Das Packpapier umhüllte einen Pappkarton mit vier kleinen Schachteln. Jeremy nahm eine davon und hielt sie ans Licht, um die Schrift auf dem gelben Untergrund lesen zu können. Äußerlich war es die normale Packung eines Mittels gegen Verdauungsstörungen, für das so intensiv im Fernsehen geworben wurde, daß Jeremy unwillkürlich die Begleitmelodie in den Sinn kam. Jeremy machte die Schachtel nicht auf, er verpackte alles wieder und zwängte das Päckchen in ein Wasserrohrknie, gegen die Wand. Dort war es ziemlich dunkel, und es war unwahrscheinlich, daß es jemand entdeckte, bevor er es holen würde, aber dieses Risiko mußte er eingehen. Denn für wie unverdächtig Sidney auch den jüngeren Bruder der Amtsärztin auf Inishcarrig halten mochte, es wäre doch zu riskant, die Leute bei seiner Rückkehr in die Bar mit einem Päckchen, das nur vom Himmel gefallen sein konnte, zu unguten Überlegungen herauszufordern.

Jane glitt erleichtert von ihrem Hocker, als er zurückkehrte. »Ist nicht sehr toll hier, Jeremy. Gehen wir lieber schwimmen.«

»Glänzende Idee. Kleinen Moment noch.«

Er kaufte bei Mrs. Barry achtzehn Päckchen Kartoffelchips auf Pump. Sie füllte damit ihre größte und kräftigste Papiertüte. »Ha!« sagte Edward Fenton und sah sie beide abwechselnd an, »ihr plant wohl einen ungeheuren Festschmaus, was?« Mit einem verlegenen Grinsen – wenigstens hoffte er, daß es als solches von allen zur Kenntnis genommen werde – entschuldigte sich Jeremy bei Jane. »Tut mir leid, ich muß noch mal schnell...«

In vorgetäuschter Eile hastete er mit seiner Tüte zum Korridor. Im Klosett spülte er schnell über die Hälfte des Tüteninhalts hinunter, stopfte das Päckchen aus dem Rohrknie auf den Boden der Tüte und bedeckte es oben mit den restlichen Chips. So kehrte er zur Bar zurück.

Jane sah ihn besorgt an. Zusammen gingen sie hinaus. Sie sagte: »Armer Jeremy! Durchfall?«

»Nein.«

»Nichts mit dem Magen? Armer Jeremy. Du siehst miserabel aus.«

Durch die zusammengebissenen Zähne zischte er: »Alles nur Schau. Erklär's später. Los, rede weiter!«

Jane schien einen Augenblick lang verdutzt, fing aber dann sofort an zu reden. Im Notfall konnte man sich auf sie verlassen. Sie schwatzte in einem fort und gab ihm aber auch Gelegenheit, Einwürfe zu machen, bis sie außerhalb des Dorfs angelangt waren und die Abkürzung über einen Wiesenhang nahmen.

»Kein Mensch sieht und hört uns hier, Jeremy, also fang an zu beichten. Aber nur, wenn du willst! Wenn du's lieber bei dir behältst, soll's mir auch recht sein. Ehrlich.«

»Wär sicher besser, den Mund zu halten, aber ich halte das nicht mehr aus.« Er erzählte ihr die ganze Geschichte auf dem Weg nach Grangemore. Sie stellte nur wenige Fragen. »Ich habe beschlossen, Bill alles zu sagen, Jane. Der fängt nicht gleich an zu toben, und ich weiß, der wird alles tun, um einen Weg aus diesem Schlamassel zu finden. Ziemlich gemein von mir, euch beide da hineinzuziehen, aber Himmel noch mal«, sagte Jeremy erregt, »ich bin froh, daß ich's los bin. Darauf hab ich schon lange gewartet.«

»Ich dachte mir schon seit der Tanzerei, daß du was auf dem Herzen hast. Ich wünschte, du hättest ein bißchen mehr Grips gehabt und mich gleich eingeweiht. Geteiltes Leid ... du weißt ja. Wozu hat man seine Feinde?«

In Jeremys Zimmer machten sie eine der Schachteln auf. Sie enthielt ein weißes Pulver. Mit den Fingerspitzen nahmen sie etwas davon auf die Zunge.

»Es ist jedenfalls nicht das, was draufsteht, das ist mal sicher«, sagte Jane. »Vielleicht Marihuana, Jeremy?« Er starrte gebannt auf die Schachtel und schüttelte den Kopf. »L.S.D.?«

»Ich weiß nicht, wie das aussieht, aber ich glaub's nicht. Jeder, der eine kleine Ahnung von Chemie hat, kann L.S.D. produzieren. Damit macht man nicht das große Geld. Ich weiß nicht...« Er sah wie hypnotisiert auf das Pulver. »Vielleicht Heroin?«

»Das wäre ja widerlich.«

»Weiß Gott. Ich hab mir schon gedacht, daß das seine Masche ist. Deshalb hab ich mir auch das Zeug von dem Burschen geben lassen, anstatt sofort abzuhauen. Ich hab mich schon einmal gedrückt, und das war ein Fehler. Aber jetzt hab ich Sidney in der Hand.« Jeremy seufzte resigniert. »Das gibt einen Mordsaufruhr. Aber ich muß versuchen, ihn daran festzunageln.«

»Das mußt du. Damit kann man sicher eine Menge Menschen kaputtmachen.«

»Ich bin kein Fachmann, aber es würde mich wundern, wenn das Zeug nicht mehrere tausend Pfund wert ist. Hängt natürlich davon ab, wie sehr man's gestreckt hat.«

»Du, das wird nicht leicht sein, Sidney etwas nachzuweisen. Woher weiß man, daß er was mit dem Heroin zu tun hat? Nur, weil du's sagst! Er selber ist jetzt in England.«

»Ich hätte den Kontaktmann ja festhalten und Krach schlagen können. Aber bei wem?«

»Richtig«, sagte Jane zustimmend. »Rauschgiftfahndung ist eine Nummer zu groß für das Polizeitrüppchen von Inishcarrig. Der Mann hat's auch gar nicht darauf ankommen lassen. Er ist gleich verduftet, während du mit deinen Chips auf dem Klo beschäftigt warst.« Sie blickte auf ihre Armbanduhr. »Jetzt müßte die Fähre gerade abfahren. Da steht dein Wort gegen seines, weiter nichts. Aber dummerweise warst du schon einmal in einen ähnlichen Fall verwickelt, und das macht dich selber verdächtig. Und selbst wenn man ihn schnappte und beschuldigte, glaubst du doch wohl nicht, daß man ihm die Verbindung zu Sidney nachweisen könnte. Du weißt ja selbst, Sidney ist äußerst vorsichtig und verwischt seine Spuren.«

»Das ist genau das, was ich mir auch schon die ganze Zeit überlegt habe, und ich finde keine Lösung.«

»Sidney kann erst mit der nächsten Fähre herkommen, und damit haben wir mindestens noch eine Woche, in der wir uns alles überlegen können. Und Bill müßte schon viel früher zurück sein. Diese Sexbiene ödet ihn immer sehr schnell an.«

»Okay. Zerbrechen wir uns also nicht länger den Kopf, bis er hier ist und sich seinen mitzerbrechen kann. Aber ich wünschte bei Gott, er wäre endlich hier. Inzwischen will ich mal die Beweise verstauen.«

Jane nahm die Schachteln an sich. »Das mache ich. In meinem Zimmer sind die am besten aufgehoben.«

Jeremy entriß ihr die Schachteln wieder. »Du bist doch nicht bei Trost! Glaubst du, ich lasse zu, daß du auch nur am Rande in dieses dreckige Geschäft verwickelt wirst?« Deprimiert fügte er hinzu: »Es ist dir sicher klar, ich bin sowieso in der Klemme, wie immer das ausgeht, ich sitze schon viel zu tief drin.«

Ebenso gedrückt sagte Jane: »Ja. Aber schon deswegen ist es für mich die aufregendste Geschichte, die ich je erlebt habe.«

Die Beweisstücke wurden unter einem Dielenbrett in Jeremys Zimmer versteckt. Trübsinnig gingen sie zum Meer, um ihre Sorgen darin abzuspülen. Sie trafen Edward Fenton, der sich gerade von seinen neuen Bekannten aus Cork verabschiedet hatte. Er stieß Jeremy schelmisch in die Rippen. »Ha! Bauchweh vorbei, junger Freund, wie?« Jeremy ging weiter und stieß kaum hörbar eine ganze Kette von Flüchen aus. »Der arme Edward kommt mir oft vor«, sagte Jane, »wie der letzte Tropfen, der ein Faß zum Überlaufen bringt.« Diese Auffassung erwies sich schon am nächsten Tag als völlig korrekt, als Edward in der Rolle von

Amors liebenswürdigem Boten Gillian anrief. Sidney hatte vom Flughafen in Cork telefoniert, und Edward machte sich auf, um ihn jetzt in Lishaven abzuholen. Jeremy sagte: »Jetzt sind wir aufgeschmissen. Was machen wir?«

»Eines ist sicher. Ein zweites Mal läßt der sich nicht hinhalten«, sagte Jane. »Du mußt weg, und du bleibst weg, so lange, bis Bill hier ist und uns helfen kann.«

»Weg? Wohin denn? Und wie denn?« fragte Jeremy aufgeregt.

»Von unseren Männern nimmt dich jeder irgendwohin mit in seinem kleinen Fischerboot, wenn ich darum bitte, aber ... Halt!« sagte Jane. »Ich hab's!«

Mike Hanlon wollte mit seinem Kutter in dieser Stunde mit der Flut auslaufen. Heuchlerisch verkündete Jane in Grangemore und in der Klinik, daß Jeremy die seltene Ehre einer Einladung zum Mitfahren zuteil geworden sei. »Jetzt ist das eine ganz klare, harmlose Sache, wenn Sidney kommt, und es sieht nicht so aus, als wärst du gerade vor ihm weggelaufen«, erklärte sie Jeremy. »Gegen ein feingewobenes Lügennetz ist gar nichts zu sagen, man muß nur dafür sorgen, daß keine Löcher drin sind.«

Jeremy packte schnell einen kleinen Koffer, und sie liefen zum Hafen, wo die »Pride of Erin« gleich ablegen würde. Mike Hanlon war freilich etwas überrascht, daß da in letzter Minute ein neues Besatzungsmitglied auftauchte, das Jane ihm in aller Ruhe und mit allem Nachdruck aufnötigte, aber er nahm Jeremy gutmütig auf.

»Jeremy wünscht sich keine Vergnügungsfahrt«, sagte Jane und entwarf ein Motivationsbild ihres Kandidaten. »Er will das Meer erleben, wie es ist, unwirtlich und rauh, und im Kampf des Lebens seinen Mann stehen, stimmt's, Jeremy?« Jeremy, der das Gefühl hatte, der Kampf hätte schon längst begonnen, grunzte zustimmend. »Du wirst sehen, als Deckschrubber ist er unschlagbar.« Wieder grunzte Jeremy. Er hätte auch in einer Galeere gerudert, nur um von Sidney wegzukommen. »Er erwartet natürlich auch nur die Schiffsjungenheuer«, behauptete Jane dreist. Mike grinste. »Wie lange wirst du draußen sein, Mike? Doch mindestens vier bis fünf Tage, oder?«

»Jane, das weißt du doch selber, das hängt vom Fischzug ab.«

Jane winkte der »Pride of Erin« nach und kam gerade noch rechtzeitig zum Kai, um das einlaufende Motorboot zu begrüßen. Höflich hieß sie Sidney wieder auf Inishcarrig willkommen und schwatzte fröhlich auf Edward ein. Der Name Jeremy fiel erst, als sie mit hocherhobenem feuchtem Zeigefinger feststellte, daß der Wind nach Südwesten zu drehen schien, und sie fragte sich besorgt, ob sein Magen den scharfen Böen auch gewachsen sei.

»Macht wohl auf einem Kutter eine kleine Spritztour?« fragte Sidney lachend.

»Ach, er war ganz verrückt danach, seit Mike ihm versprochen hatte, ihn gelegentlich mal mitzunehmen. Nun hat er allerdings Pech gehabt, weil's gerade jetzt sein mußte, denn er wollte unbedingt die Industriemesse in Cork sehen. Aber einer von der Besatzung war nicht ganz in Ordnung, und diesmal konnte Mike Jeremy wirklich gebrauchen.« Sie kicherte. »Vielleicht als Steward. Oder Koch.« Ausgelassen knüpfte sie ihr Lügennetz dichter. »Also ehrlich, ich hätte nie gedacht, daß Jeremy so auf Maschinen versessen ist. Es war eine Heidenarbeit, ihm beizubringen, daß er hier überall unten durch wäre, wenn er Mike bloß wegen der dämlichen Messe sitzenließe.« In typisch weiblicher Unsicherheit suchte sie die beruhigende männliche Zustimmung. »Er fühlte sich ganz elend, daß er die blöde Messe sausen lassen sollte, und zum Schluß hätten wir uns fast verkracht. Aber ich hatte doch recht, oder?«

»Es wäre für seine ganze Familie äußerst unzuträglich, sollte Jeremy sich die Mißbilligung von Inishcarrig zuziehen«, merkte Edward kritisch an, »und bei einigem Nachdenken, da bin ich sicher, wird er ganz von selbst dahinterkommen. Warten Sie's ab! Wenn er zurückkommt, wird er Ihnen dankbar sein, erstens für Ihren guten Rat und zweitens, daß Sie ihm zu seiner neugewonnenen Seefestigkeit verholfen haben.«

»Aber wenn er nicht seefest ist, weil's stürmische Winde gab«, sagte Jane und steckte zwecks neuerlicher Prüfung ihren Windmeßfinger in den Mund, was ihr das Aussehen eines Babys verlieh, als sie nun die beiden Männer mit weit aufgerissenen, unschuldigen Augen ansah, »dann schlägt er mich tot.«

»Da muß er erst mich erschlagen«, sagte Sidney gut gelaunt. »Um welche Zeit wird unser alter Seebär denn heute abend zurückerwartet?«

»Heute abend? Sie haben das mißverstanden, Sidney. Das ist keine Vergnügungstour. Könnte eine Woche dauern, bevor er zurück ist.« Geistesabwesend lutschte sie an ihrem Finger. »Vielleicht auch zwei.«

Sidneys gute Laune schwand. »Zwei Wochen!«

»Das hängt davon ab, wie die Schwärme ziehen, Sidney.«

Mrs. Barry nahm Sidney nicht auf. Gillian flehte sie mit ihren Blicken an, aber Mrs. Barry sagte mit steinernem Gesicht, es sei alles besetzt, und sah gar nicht erst nach, ob das stimmte. Das bedeutete letztlich, daß er nirgendwo unterkommen konnte außer bei Edwards Miss Casey. Dort bekam er ein hübsches Zimmer, Julia Casey war eine mütterliche Frau und eine gute Köchin, wie Edward ihm versprochen hatte, aber diesen Edward dauernd in unmittelbarer Nähe zu haben machte Sidney fast wahnsinnig. Doch da er Edwards Boot und seine navigatorischen Fähigkeiten möglicherweise noch brauchte, äußerte er nur Gillian gegenüber, was er von Edward hielt, und zwar in ordinärster Sprache. Gillian indessen entdeckte ihr Herz für den armen Edward. Es war so rührend, wie dieser gutartige kleine Mann sich bemühte, freundlich und hilfreich zu sein.

In den folgenden Tagen fragte sich Gillian manchmal, ob sich eine Karriere wirklich lohne um den Preis, Sidney längere Zeit ertragen zu müssen. Es war weiß Gott bei seinem letzten Besuch schon schlimm genug gewesen; bei seiner gleichbleibend schlechten Laune wußte man wenigstens, woran man war. Aber jetzt erwies er sich als völlig unberechenbar. In einer Minute war er in bester Form, vital, lebhaft und voller brillanter Einfälle, und in der nächsten ließ er sich gehen und verfiel in Trübsinn, aber eine Viertelstunde später schlug das Pendel vielleicht schon wieder um. Er benahm sich so exzentrisch, daß es fast erschreckend war, doch ob obenauf oder am Tiefpunkt – er wirkte immer so, als haßte er alle, und offensichtlich war er umgekehrt auch bei allen verhaßt, außer bei Edward.

Als Gillian eines Morgens nicht mehr weiterwußte, fragte sie ihn ärgerlich: »Wenn es dir hier so unerträglich ist, warum bleibst du dann?«

»Diesmal werde ich, verflucht noch mal, so lange bleiben, bis ich kriege, weswegen ich gekommen bin.«

Diese grob formulierte, aber schmeichelhafte Andeutung, daß sein leidenschaftlich brennendes Verlangen nach ihr noch mächtiger war als sein Abscheu vor Inishcarrig, löste sofort Reuegefühle bei Gillian aus. Sie wußte natürlich die ganze Zeit, daß nicht er, sondern daß sie für seine üblen Launen zu tadeln war, nur neigte sie eben dazu, wenn er zu unangenehm wurde, die Qualen seiner physischen Bedrängnis, für die sie ja verantwortlich war, einfach zu vergessen. Zärtlich sagte sie: »O Sidney, es tut mir wirklich leid.« Es regnete nicht, und die einzige Entschuldigung für ihr unglaubliches Benehmen war ihre verkorkste Erziehung, der sie ihre sexuelle Sperre verdankte. Ein geschulter Psychologe hätte das verstanden, aber leider war Sidney kein geschulter Psychologe. »Hab nur noch ein wenig Geduld, mein Liebster. Ich wünsche mir ja so, dir freiwillig zu geben, weswegen du hergekommen bist.«

Er starrte sie verblüfft an und ließ dann ein paar Lachsalven los. »Na, das wäre natürlich ganz hübsch, um so ein trübes Stündchen totzuschlagen. Komm, wir machen nochmals einen Versuch, dir deine Hemmungen zu vertreiben.«

Während er Gillian an sich zog, entfernte Jane sich taktvollerweise wie immer in solchen Augenblicken vom Schauplatz ihrer diskreten Überwachung. Sie wandte die Zeit bis zu Jeremys Rückkehr so nutzbringend wie möglich an, indem sie Sidney observierte, wodurch unvermeidlich oft auch Gillian in ihr Blickfeld rückte. Jane war davon überzeugt, daß Gillians Jungfräulichkeit in dem ganzen Komplott völlig unerheblich war. Sie hätte sich sicher maßlos darüber verwundert, daß Sidney sich bei diesem beschränkten Mädchen nicht mit Gewalt nahm, was er wollte, wäre sie nicht zu der Vermutung gekommen, daß ihm der nötige Kraftaufwand für dieses Geschäft nicht der Mühe wert schien.

Die Beobachtung Sidneys hatte bislang nichts Wesentliches erbracht, aber Jane hatte das unbestimmte Gefühl, es wäre vielleicht eine gute Übung für die Zeit nach Jeremys Rückkehr. Mindestens so stark wie Sidney wünschte sie, er wäre wieder hier. Es war natürlich verwerflich, daß es einer O'Malley schon zur Gewohnheit geworden war, einen Morgan um sich zu haben, aber ... das war nun nicht mehr zu ändern. Ohne daß sie es merkte, hatte es sich allmählich so ergeben.

Sidney erwischte sie zweimal, jeweils auf dem Treppenabsatz oben in Julia Caseys Haus. Sie wartete darauf, daß er ausginge, um dann sein Zimmer zu durchsuchen. Zwar war es nicht wahrscheinlich, daß er so unvorsichtig sein sollte, etwas Belastendes liegenzulassen, aber es war ein Teil der Übung. Beim zweitenmal fuhr er sie barsch an: »Was zum Teufel suchst du hier dauernd?«

Es ist immer sinnvoll, soweit wie möglich bei der Wahrheit zu bleiben. Sie sagte: »Ich wartete auf Sie.«

»Okay. Hier bin ich. Und jetzt?«

»Also ich hab immer gehofft, Sie mal für mich allein zu haben.« Bekümmert sagte sie: »Aber es war nie möglich. Ich bin ganz wild darauf, daß Sie mir was von London erzählen.«

»Kauf dir doch einen Führer durch London, mein Schätzchen.«

»Nein, mich interessiert doch nicht der Tower und Trafalgar Square und all der Quatsch. Ich meine«, flüsterte Jane verschwörerisch, »Sie verstehen doch ... ich meine ...« Sie hoffte, ihre Grimasse würde als Ausdruck von Lüsternheit erkannt. »Was ich meine, ist das ausgelassene, frivole London.«

»Du liebe Zeit«, sagte Sidney spöttisch. »So klein und schon so verdorben.«

Bei dir zu Hause, Sidney, dachte Jane, müssen sie für dich ganz schön fix sein, aber ich wette, so fix ist da keiner wie diese verdorbene Kleine hier, die einen netten Batzen Heroin von dir versteckt hat, mein Schätzchen! Schmollend sagte sie: »So klein bin ich gar nicht. Ich bin vierzehn. Oh, ich weiß schon manches. Also ehrlich, Sie sind wirklich gemein.«

»Hallo, hallo, hallo«, rief Edward von unten herauf.

»Lieber Himmel«, sagte Sidney entnervt, »ein Unglück kommt selten allein.«

Danach verfolgte Jane ihn abwechselnd, teils um ihn zu ärgern, teils verstohlen als Anwärterin fürs Rauschgiftdezernat.

»Irgendwas stimmt nicht mit dir seit kurzem«, stellte Tante Belinda fest.

»Mit mir?« Janes große, runde Augen blickten fassungslos. »Was denn?«

»Wenn du so guckst, führst du immer was im Schilde.« Belinda bewegte unbehaglich ihre Schultern hin und her. »Irgendwas Komisches geht hier vor.«

Am Tor verabschiedete sich Sidney von Gillian. Jane meinte: »Vielleicht ist es Sidney Haughten, der hier Unruhe hereinbringt.«

»Er wäre vielleicht ein Unruhestifter, wenn ich so dumm wäre, ihn in dieses Haus einzuladen. Nein, mit dem furchtbaren jungen Mann von Gillian hat es nichts zu tun.« Belinda überlegte. »Es ist etwas Ernsteres. Es liegt in der Luft. Ich bin erstaunt, daß du es nicht spürst, Jane.«

Aber Jane war derart in Jeremys Angelegenheiten vertieft, daß sie nicht auf so unwesentliche Feinheiten achten konnte. Von ihrem Unbehagen getrieben, forschte Belinda bei Ann nach.

»Wie geht es Ihnen?«

»Danke, ganz gut.«

»Hm. Läuft alles wie gewohnt?«

»Ja, soweit ich ...« Ann unterbrach sich. Belindas Art zu fragen hatte irgendeine unheilvolle Nebenbedeutung. Doch Ann tadelte sich wegen ihrer wachsenden Neigung, überempfindlich zu reagieren, wie sie es seit Bills Abfahrt bei sich festgestellt hatte, und sagte: »Ja, es läuft alles wie gewohnt.«

»Hm!« erwiderte Belinda und teilte Bridget Dunne später mit: »Dr. Ann spürt es auch.«

»Das muß sie spüren, Miss Belinda. Das riecht man ja richtig auf der ganzen Insel.«

»Wäre vielleicht nützlich, mal bei Patsy Hayes auf den Busch zu klopfen.«

»Nutzt kein bißchen. Ich hab's probiert. Zu wie eine Muschel. Würd mich nicht wundern, wenn der selber drinhängt, was es auch ist.«

»Ach Gott. Es ist gefährlich, von so lieben, treuen und borniertern Menschen umgeben zu sein. Ach, ich wünschte, Bill wäre zurück. Er würde für Ordnung sorgen. Schrecklich, wenn auf Inishcarrig was passiert, was meine Pläne für ihn über den Haufen wirft. Aber abgesehen von meinem unguten Gefühl«, fuhr Belinda in gereiztem Ton fort, »wär's mir jedenfalls doch sehr viel lieber, wenn er sich nicht mit dieser Hanlon-Schlampe abgäbe.«

»Ah!« meinte Bridget tröstend. »Der ist bald wieder bei der Richtigen, Sie werden's sehen.«

»Ja vielleicht, aber ich wünschte, die Sache wäre endlich unter Dach und Fach. Inzwischen müssen wir wachsam sein, Bridget. Kein Zweifel, da braut sich was zusammen auf Inishcarrig«, sagte Belinda voller Sorge. »Und was es auch ist, es gefällt mir nicht.«

11

Sechs Tage war die »Pride of Erin« auf See gewesen, als sie eines wolkenverhangenen Abends zurückkam. Sidney Haughten beobachtete sie von seinem Zimmer aus, Jane aus einem Lagerschuppen am Kai heraus.

Allein in Grangemore, beobachtete sie auch Gillian. Überraschenderweise hatte sie diesmal kein Verlangen nach Sidney oder sonst jemandem, und es war ihr sterbenslangweilig. Einer dringenden Bitte folgend, die Patsy Hayes überbracht hatte, war Bridget Dunne sofort nach dem Abendessen zu einer Nichte aufgebrochen, die in Kürze ihr erstes Baby erwartete. Belinda war in karitativer Absicht unterwegs; Schwester Driscoll hatte sie mit dem Ambulanzwagen vor dem Häuschen einer gebrechlichen Alten abgesetzt, die, einstmals im Dienst der O'Malleys, unbedingt Miss Belinda sehen wollte. Aber offenbar mußte sie auch unbedingt Miss Jane sehen, und Schwester Driscoll war sehr wütend, daß Jane nirgends zu finden war. Auch mit Ann konnte Gillian nicht sprechen, sie war nicht in der Klinik, sondern zu fünf Hausbesuchen unterwegs, die wie in der schlimmsten Zeit alle auf einmal und aus ganz verschiedenen Richtungen gekommen waren. Es war sehr still im

Haus. Gillian erwog hinunterzugehen, um Mike zu treffen, ließ es aber dann sein, denn zunächst war er immer ewig lang mit Netzen und Tauen und allem möglichen beschäftigt, bis er endlich an Land ging. Die »Pride of Erin« war nun im Hafen. Aber merkwürdig, am Kai war es so still wie in Grangemore. So wie es aussah, schien Dunbeg an diesem Abend eine Geisterstadt. Da im Fernsehen nur furchtbare alte irische Schinken zu sehen waren, ließ sich Gillian resigniert mit einem kleinen Transistorradio und einem Magazin nieder, bis Jeremy ihr endlich Gesellschaft leisten würde.

Jane konnte sich nicht vorstellen, warum es am Kai so leer war. Statt der Menge, die sich sonst bei jedem einlaufenden Kutter einfand, waren nur zwei Männer anwesend, Jamsey Whelan und Mossy Treacy, um der »Pride of Erin« beim Festmachen zu helfen. Auch das Dorf, durch das sie hindurchgehuscht war, immer bemüht, von Sidney nicht gesehen zu werden, und in der Hoffnung, ihm nicht plötzlich zu begegnen, war ungewöhnlich menschenleer gewesen. Erstaunt hatte sie starken Lärm aus Barrys Bar gehört, als wäre es dort zum Platzen voll. Aber soweit sie wußte, gab es keinen Anlaß für eine Versammlung an diesem Abend. Es mißfiel ihr außerordentlich, daß auf Inishcarrig etwas im Gange schien, von dem sie keine Ahnung hatte, und sie wäre auch zu Barry geeilt, um nachzuforschen, durchaus ohne ihre

Mißbilligung zu verbergen, wenn es nicht so wichtig gewesen wäre, zum Hafen zu kommen und Jeremy dort zu erwischen, bevor Sidney ihn zu packen bekam.

Als sie aus dem Schuppen auftauchte, starrten Jamsey und Mossy sie an wie vom Donner gerührt. Warum nur um Himmels willen? Wieso ist da jemand überrascht, Jane O'Malley an irgendeiner Stelle der Insel der O'Malleys auftauchen zu sehen? Jamsey war ein Tölpel, und wie ein Tölpel sprach er auch: »Wir denken, Sie sind mit der Tante?«

»Und aus welchem Grund, bitte«, wollte Jane wissen, »schließt ihr, ich sei bei meiner Tante Belinda?«

Die beiden Männer sahen sich an, ein Tölpel den anderen. »Die ist die alte Bridie Twoney besuchen gegangen. Wir haben gedacht, Sie wären da mit.«

Ungeduldig wandte sich Jane ab, und ohne auf Vorhaltungen vom Schiff und vom Kai, auf Flüche und bissige Kommentare wie »Kleines Bad geschähe ihr ganz recht« zu achten, sprang sie mit einem Satz aufs Deck der »Pride of Erin«. Jeremy war völlig verdreckt, die Haut auf der Nase schälte sich ab. Aber er grinste übers ganze Gesicht.

»He, Jane! Mann, das war toll. Mensch, das war das größte Erlebnis meines Lebens, diese Fahrt. Das hat mir die Augen geöffnet. Nix mehr Doktorspielen, zum Teufel damit!« Jeremy schlug sich auf die Brust. »Diese gute alte Teerjacke weiß jetzt, wo sie hingehört. Muß ja nicht gerade zum Hochziehen von Seezunge und Scholle sein, vielleicht was mit der Marine, das sehen wir später, aber jedenfalls was auf dem Wasser.« Jeremy trommelte sich auf die Brust wie ein Gorilla. Er sang: »Ein Leben auf wogendem Meer.«

»Das ist großartig, Jeremy, daß du dein Lebensziel gefunden hast, du wirst auch bestimmt ein großer Admiral, aber Sidney ist hier und wartet schon auf dich, und Bill ist noch nicht zu Hause.«

Jeremy ließ die Arme fallen. Verzweifelt sagte er: »Jetzt sitzen wir schon wieder in derselben Patsche wie am Anfang. Vielleicht am besten, ich finde mich damit ab, daß ich diesem Schweinehund einfach nicht mehr wegrennen kann.«

»Doch, jedenfalls bis Bill hier ist. Ich will versuchen, ihn in Kinsale zu erreichen. Wenn ich ihm sage, daß es ernst ist und daß wir ihn brauchen, dann saust er sofort ab, das weiß ich, dann ist er morgen hier. Geb's Gott, daß er nicht mit Klein-Messalina im Atlantik rumgondelt. Hör zu!« sagte Jane hastig. »Lauf so schnell du kannst nach Grangemore, bevor Sidney dich schnappt, und laß dich nicht blicken. Er kann dich da vor so vielen Zeugen nicht herausholen. Vielleicht ist Tante Belinda gerade mal weggegangen, aber Bridget Dunne ist Leibwache genug. Gillian wird wahrscheinlich auch dort sein und natürlich«, sagte Jane, die bescheiden das Wesentliche hintanstellte, »ich ja auch.«

»Eine Menge Röcke, um sich zu verstecken.«

»Es kommt jetzt nicht darauf an, daß du ein Held bist, sondern daß unzählige Menschen nicht zu Schaden kommen. Los, komm mit!«

»Wer will denn Held sein? Je mehr Röcke, um so besser, Mädchen. Aber wart mal! Ich kann doch nicht hier abhauen und die Drecksarbeit Mike und den anderen überlassen, das fänd ich schäbig.«

»Das schickt sich nicht, was?« sagte Jane verärgert. »Du lieber Gott, wieviel Unglück hat dieses Wort schon über die Welt gebracht! Du bist ein Trottel! Begreifst du nicht, was du für Glück hast, daß Sidney dich nicht schon hier am Kai erwartet hat? Hallo, Mike!«

Jetzt fiel ihr auf, daß niemand seine Arbeit tat. Jamsey, Mossy und die Kutterbesatzung steckten vor dem Maschinenraum die Köpfe zusammen. Mike drehte sich um. »Ja, Jane?«

»Jeremy wird sofort in Grangemore erwartet ... da kommt ein Anruf aus London für ihn ...«, Schwindel auf Kommando war auf einmal Janes starke Seite, »... aber er will nicht mit, weil er Angst hat, du denkst, er will sich drücken ...«

»Ist doch Unsinn, Jane.«

»Entschuldige, daß ich so abhaue, und vielen

Dank für alles, Mike«, sagte Jeremy. »Es war ungeheuer!«

»Hast deinen Mann gestanden, Junge.«

Er sagte das monoton und starrte Jeremy düster an. Alle starrten Jeremy düster an. So viele sonderbare Vorzeichen auf einmal waren kein Zufall. Jane versuchte, der Sache auf den Grund zu gehen.

»Ach Mike, wie rücksichtslos von mir. In der Hetze, Jeremy abzuholen, hab ich vergessen, nach dem Fang zu fragen. Du siehst nämlich ganz so aus, als wärst du sauer.«

»Warum zum Teufel sollte einer denn auf dieser wunderbaren verdammten Insel sauer sein?« brach es aus Mike hervor. Einer der Tölpel machte »Pst!« Leise brummte Mike, aber für Janes Ohren nicht leise genug: »Herrgott noch mal! Jetzt ist doch sowieso alles egal.«

Jane war wütend. Nicht nur, daß da etwas im Gange war, von dem sie nichts wußte, es wurde ihr auch ungehörigerweise vorenthalten. Höchste Zeit, daß diese Insel einen scharfen Rüffel bekam. Sie zerrte Jeremy von der »Pride of Erin« herunter und gab ihm einen Schubs in Richtung Kliff. »Los, rauf, solange es noch geht.« Ihren schlimmen Verdacht behielt sie für sich, der arme Jeremy hatte selbst schon genügend am Hals. »Ich komme nach. Ich will durchs Dorf und sehen, was Sidney macht.« Unter anderem, dachte sie bei sich.

Nur eine Frau war auf der Dorfstraße zu sehen.

Dunbeg hatte sich in sich selbst zurückgezogen wie in Angst vor einem Pogrom. Und eine Art von Pogrom war nach Janes Gefühl auch das, was nun drohte. Unbemerkt in Barrys Hof zu gelangen war nicht schwierig. An der Rückwand der Bar war hoch in der Mauer ein kleines Fenster eingelassen, das als einzige Lüftungsmöglichkeit bei geschlossenen Türen grundsätzlich offen gelassen wurde. Wenn man draußen auf eine Bierkiste stieg, konnte man alles drinnen hören, wenn auch nicht sehen. Nach dem herausziehenden Bierdunst und Rauch zu urteilen, drängte sich da drinnen die gesamte männliche Bevölkerung von Inishcarrig. Die einzigen Frauen schienen Mrs. Barry und Ellen Driscoll zu sein.

Das Geräusch der zuschlagenden Schwingtür war zu hören und dann die Stimme einer anderen Frau. Es war Fanny Kennedy, die Jane im Dorf überholt hatte; Jane konnte fast alle Stimmen identifizieren. »Ich bin nur reingekommen, um euch zu sagen, daß Jeremy gerade das Kliff hochklettert. Und Jane ist durchs Dorf gelaufen.«

Wieder die Schwingtür, als Fanny Kennedy ging. Das kurze Schweigen wurde von vereinzeltem Husten unterbrochen. Jemand sagte schwerfällig: »Jammerschade, Ellen, daß du nicht auch Jane mit den anderen sauber aus dem Weg geschafft hast.«

Jane runzelte beunruhigt die Stirn. Das bedeutete, daß auch Bridget irgendwohin abgeschoben worden war, daß also nur dieses unzuverlässige Ding, diese jämmerliche Gillian, im Augenblick Jeremys einziger Rückhalt war. Ellen Driscoll lachte. »Hast du etwa vor ihr Angst?«

Patsy Hayes sagte: »Miss Jane muß sich halt damit abfinden.« Jane fiel vor Empörung fast von der Kiste. »Ist doch sie, sowieso, die am wenigsten Grund hat, was zu meckern. So gottlos, wie die bis jetzt immer dahergeredet hat, die wär doch nicht mal vor einem Mord zurückgeschreckt, um zu verhindern, daß jemand Dr. Bill verdrängt.«

»Ah!« sagte Mrs. Barry nachdenklich. »Kann niemand leugnen, daß die O'Malleys auf einmal ganz komisch geworden sind, so weich und nett zu den Morgans, kann einen doch wundern.« Jemand meinte ernst: »Sind ja auch nette Leute irgendwie.«

Zustimmendes Gemurmel antwortete ihm.

»Die Dr. Ann ist vielleicht als Doktor noch nicht soweit, aber du kannst dich drauf verlassen, daß sie sich immer um dich kümmert.«

»Und der Jeremy, das ist doch ein Kerl mit Mumm.«

»Haltet jetzt bloß den Mund über Gillian, Leute, sonst bekommen wir noch Krach mit unseren Weibern.«

Ein schwacher Witz, der ein paar schwache Lacher nach sich zog. Ellen Driscoll sagte: »Das hätte ich mir nicht träumen lassen, daß ich's erlebe, wie ein paar hinterlistig lächelnde Engländer die ganze Insel an der Nase herumführen. Na schön! Sollen sie halt bleiben! Soll doch Dr. Bill der Engländerin seinen Job überlassen, um den sie so hartnäckig kämpft mit der Ausrede, ihre kleinen Geschwister unterstützen zu müssen.« Die Stimme war mit Gift geladen. »Macht nur, bloß kommt mir hinterher nicht angekrochen und jammert, wenn's euch dämmert, daß zum ersten Mal seit Menschengedenken kein O'Malley mehr Arzt sein wird auf Inishcarrig!«

Aber die Menge schien für ihre Beredsamkeit nicht empfänglich. Mrs. Barry sagte: »Wir wissen ja, was dich treibt, Ellen, aber da kannst du genausogut hoffen, den Mond zu pflücken, als daß Dr. Bill dich jemals ansieht.«

Mit einer Schamlosigkeit, die vor den versammelten Männern von Inishcarrig an Größenwahn grenzte, gab Ellen Driscoll zurück: »Und warum? Hab ich vielleicht nichts, was das Ansehen lohnt?«

Mrs. Barry sagte knapp »Gott helf dir« und fuhr unbewegt fort: »Keine Angst, die Leute von Inishcarrig werden schon machen, was gemacht werden muß, aber wir brauchen ja nicht so zu tun, als machten wir's gern.«

Einer sagte verdrossen: »Ganz zu schweigen davon, daß die O'Malleys toben werden wie die

Teufel, wenn sie hören, was da hinter ihrem Rücken geschehen ist. Den Dr. Bill, wenn der zurückkommt, den wird niemand friedlich stimmen.«

»Ist schon alles vorbei, bevor er da ist«, meinte ein anderer gelassen, »und wir stehen auch alles durch, was von den O'Malleys auf uns zukommt, weil wir im Herzen wissen: Was wir gemacht haben, war zu ihrem eigenen Besten.«

Jane ballte die Fäuste. Sie sehnte sich danach, all diese treuen Holzköpfe gegeneinanderzuschlagen. Was sie indes am meisten erboste, war, daß sie dringend in Grangemore gebraucht wurde und dabei hier aushalten mußte, um zu erfahren, was den Morgans im einzelnen zugedacht war.

»Alles ruhig auf der Wache?« fragte Piery Plonkton, den jeder als Feigling kannte. »Nee«, sagte Big Tom Skehan, »gleich werden wir alle verhaftet.«

Diesmal brandete echtes Gelächter auf.

»Also, das ist es, Jungs. Fenton ist im Osten bei den O'Learys und übt mit ihnen sein Irisch, und wenn dieser andere Laffe aus der Großstadt sich mausig machen sollte ...«

»Um diesen Mr. Sidney Haughten kümmern wir uns schon«, sagte Big Tom Skehan in freudiger Erwartung.

»Hab den Drecksack nach Grangemore gehen sehen«, sagte Piery Plonkton. »Schon eine Weile her. Muß also noch oben sein.«

Im gleichen Augenblick war Jane schon aus dem Hof heraus und stürmte nach Grangemore. Sie hatte Jeremy dorthin schicken wollen, wo er sicher war, und statt dessen lief er Sidney genau in die Arme. Grangemore hatte jetzt Vorrang, denn was Inishcarrig sich auch für die Morgans ausdenken mochte, es war nichts, verglichen mit dem Einfallsreichtum dieses Laffen.

Hier kamen die geübten Geheimdienstpraktiken Jane sehr zupaß. Sie näherte sich Grangemore in großem Bogen, stieg durchs Fenster der Speisekammer ein und glitt lautlos aufs Wohnzimmer zu, aus dem die Stimmen kamen. Sie waren alle da, Gillian, Jeremy und Sidney. Jane lauschte an der Tür. Offenbar war Sidney bis jetzt bemerkenswert geduldig geblieben, der Sturm braute sich erst zusammen.

»Nun hör mal, Süße, es ist allmählich Zeit, daß dein kleiner Bruder endlich trocken hinter den Ohren wird. Ist ja wunderbar, ein Gewissen zu haben, aber wo gibt's denn so was, ein Gewissen gegenüber der Steuer? Niemand will, daß Jeremy etwas Böses tut. Zufällig hat er nun ein Päckchen bekommen, das für mich bestimmt ist, und ich will nichts weiter, als daß er's mir gibt.«

»Aber natürlich! O Jeremy, was ist denn in dich gefahren? Jeder schmuggelt doch irgendwas. Hör mal, die Leute kommen aus den Ferien im Ausland und haben das ganze Auto voll. Also ehrlich,

ich find das lächerlich, daß du auf einmal den Moralapostel spielst.«

»Frag ihn mal, was er schmuggelt!«

»Gillian, Liebling, es sind ein paar Kleinigkeiten aus Amsterdam. Paar Diamanten.«

»Quatsch, Kleinigkeiten aus Amsterdam. Höchste Zeit, daß dir die Augen geöffnet werden, Gilly. Weißt du, was dein Herzensjunge da...«

»Ich würd's nicht tun, wenn ich du wäre, Jeremy.« Sidneys Stimme klang wie knisternde Seide. »Ich würd's wirklich nicht tun.«

»Ach, halt den Mund. Rauschgift, Gilly! Heroin! Sidney ist ein hundsgemeiner, dreckiger Drogenhändler und weiter nichts.«

»Du bist ein dummer kleiner Rotzjunge! Na wenigstens brauchen wir uns jetzt nicht mehr mit Höflichkeiten aufzuhalten. Ganz egal, was drin ist, du gibst mir jetzt mein Päckchen auf der Stelle, in dieser Sekunde, Jeremy, und dann machen wir beide, du und ich, eine hübsche kleine Fahrt im Boot vom lieben alten Fenton. Keine Angst, Gillian, Liebling, ich leihe mir deinen Bruder nur als Bootsmann aus. Sowie er mich an meinem Ziel abgesetzt hat, kann er wenden und sich wieder nach Inishcarrig befördern. Aber warte mal! Wenn ich's recht bedenke, kommst du am besten mit, mein Schatz. Wir können dich doch nicht hierlassen, mein Plaudertäschchen, du würdest doch dem Teufel ein Ohr abschwätzen, stimmt's?«

Er machte eine kleine Pause. »Dazu möchte ich gleich sagen, daß es ratsam ist, daß keiner von euch beiden zu plappern anfängt! Niemals, ist das klar?« Wieder eine Pause. Der nächste Satz kam wie ein Peitschenschlag. »Damit ist alles gesagt, Kumpel, und jetzt beweg dich!«

»Ich denk gar nicht dran!«

Ein hysterischer Aufschrei von Gillian. »Sidney! Tu das weg!«

Was? Revolver? Messer? Säure? Jetzt ging es nur noch darum, Jeremy und Gillian aus der Gefahr zu erretten, und Jane gab ihr Räuber-und-Gendarm-Spiel auf und huschte aus dem Haus, um vernünftigerweise die wirkliche Polizei vom Kliniktelefon aus anzurufen.

Ann verschloß die Kliniktür immer, wenn sie fortging. Es würde also abermals nötig sein, durchs Fenster einzusteigen, nur diesmal würde es ein Einbruch sein. Jane kannte theoretisch die einfache Methode, eine Fensterscheibe sauber herauszuschneiden, um mit der Hand an die Fensterklinke zu kommen, aber jetzt durfte sie nicht riskieren, entdeckt zu werden, und auch keine Zeit mehr damit verlieren, in der Küche von Grangemore nach entsprechendem Werkzeug zu suchen; sie würde die Scheibe einschlagen müssen wie ein Amateur. Sie kroch zum Fenster an der Rückseite der Klinik, tiefgebückt, um vom Wohnzimmer aus nicht gesehen zu werden, und stieß dabei auf gut

Glück, wenn auch ohne Hoffnung, gegen die Tür. Überrascht und erfreut merkte sie, daß sie nachgab.

Das Wartezimmer war leer. Im Sprechzimmer saß Edward Fenton am Schreibtisch. Er legte gerade den Telefonhörer auf, als Jane eintrat. Für Edward war das ein ziemlich keckes Verhalten, aber jetzt war keine Zeit, um zu ergründen, warum er hier saß und wie er hereingekommen war. Jedenfalls war nun ein Mann greifbar, wenn auch vielleicht kein vollwertiger, doch immerhin jemand, in dessen Gegenwart sich Sidney hüten würde, einen Menschen zu erschießen, zu erstechen oder sonstwie umzubringen. Auch in dieser Notlage noch vorsichtig darauf bedacht, nichts preiszugeben, was Jeremy schaden konnte, sagte sie: »O hallo, Edward! Wie gut, daß ich Sie hier zufällig treffe.« Es war ihr unmöglich, das Zittern in ihrer Stimme zu unterdrücken. »Sidney Haughten ist in Grangemore, und er benimmt sich sehr sonderbar. Es sind nur Gillian und Jeremy bei ihm, und ich weiß, die wären sicher froh, wenn Sie gleich rüberkämen. Bitte!«

»Auf dem kleinen Gebiet einiger Quadratmeilen, das ganz von Wasser umgeben ist«, sagte Edward, »weiß Sidney sehr genau, daß er nicht ungeschoren davonkäme, wenn er sich allzu sonderbar benähme.« Er legte die Fingerspitzen gegeneinander und fing auf seine eulenhafte Art an zu blinzeln. »Wenn man ihn allerdings zum Äußersten treibt, könnte er es vielleicht trotzdem versuchen. Deswegen ist es klüger, ihn nicht zum Äußersten zu treiben. Im großen und ganzen halte ich es für besser zu bleiben, wo ich bin.«

Auf seine Weise schien Edward sich ebenso sonderbar zu benehmen wie Sidney. Als sie ihn da so gleichmütig blinzeln sah, kam Jane der furchtbare Gedanke, daß er möglicherweise ein Komplize wäre, was sie aber sofort darauf angesichts seiner unerschütterlichen Trägheit als unmöglich abtat. Nein, der arme Edward war kein Draufgänger. Sie griff nach dem Telefon und sagte nachsichtig: »Ja natürlich, ist wohl eher ein Job für die Wache.«

Edward legte seine Hand auf die ihre. »Ich fürchte, der Anblick von Uniformen, selbst nur der Uniformen der hiesigen Polizei, würde Mr. Haughten sehr beunruhigen. Aber ihn zu früh zu beunruhigen wäre ein Fehler. Im übrigen, meine Liebe, darf ich Ihnen versichern, daß in diesem Augenblick ein mehr als ausreichender Schutz für Grangemore in Vorbereitung ist.«

Kurze Zeit darauf schwebte Jane, wie in einem Traum befangen, aus der Klinik heraus zur Eingangstür von Grangemore. Wie zu erwarten, war sie verriegelt. Sie schellte und schlug laut mit dem Klopfer gegen die Tür.

12

Während Jane ohne Unterlaß klingelte und mit dem Messingklopfer Einlaß forderte, hatte Sidney in klassischer Pose seinen Arm fest um Jeremys Hals gelegt und hielt ihm die Spitze einer fein gehärteten Stilettklinge, die Haut fast ritzend, zwischen zwei Rippen. Der hübsche kleine Revolver in Sidneys Tasche rieb gegen Jeremys Hüfte. Sidney lachte.

»Gillian, Liebling, versuche diese idiotische Göre loszuwerden, bevor sie die verdammte Tür kaputtschlägt. Wenn du sie reinlassen mußt, paß auf, daß du ganz kühl und normal wirkst, Schätzchen, schon Brüderchen zuliebe.«

Jeremy krächzte gerade noch: »Gilly, warne...«, als auch schon die Klinge seine Haut ritzte und der Arm so fest gegen seinen Hals drückte, daß er keine Luft mehr bekam.

Gillian stand stumm und schwankend vor ihnen und ging dann taumelnd zur Tür. Jeremy dröhnte das Blut in den Ohren, und er hörte sie undeutlich sagen »O Jane!« und dann ein Gemurmel, offenbar zu dem Zweck, Jane abzuwimmeln, was aber nicht viel Eindruck zu machen schien, und endlich den verzweifelten Ausruf »O Jane!«, als diese fröhlich in die Diele sprang.

»Du meine Güte, Gillian, du müßtest doch endlich wissen, daß wir die Türen in Grangemore niemals verriegeln. Auch wenn du allein bist, brauchst du doch nicht so ängstlich zu sein.« Sie hüpfte in das Wohnzimmer und blieb erstaunt stehen. »Ach, du bist gar nicht allein? Hallo, Sidney! Was in aller Welt machen Sie denn mit Jeremy?«

Lächelnd sagte Sidney: »Nur eine kleine Kraftprobe zwischen uns.«

»Wer da gewinnt, sieht man gleich. Ist das so eine Art Jiu-Jitsu-Griff, mit dem Sie ihn festhalten? Oder Karate? Da kriegen Sie wohl bald den Schwarzen Gürtel, wie? Dabei sind Sie nicht mal größer als Jeremy, aber Sie haben ihn in der Gewalt, er kann sich nicht mehr rühren.« Im Hintergrund schluchzte Gillian kurz auf, aber Jane sah Sidney bewundernd an. Dann blickte sie auf Jeremy und schien milde besorgt. »Vielleicht gehen Sie doch eine Spur zu rauh mit ihm um. Mehr als mit Jungen in der Schule zu boxen hat er sicher nie gelernt. Müssen Sie ihm wirklich nach der alten Regel die Schultern auf die Matte drücken, oder könnte er einfach aufgeben? Er ist ja schon blau im Gesicht.«

»Matten gibt's für den Schwarzen Gürtel, Schätzchen, aber ein Amateur darf die linke Hand heben zum Zeichen, daß er aufgibt. Und wenn du das nicht auf der Stelle tust«, schnurrte Sidney neben Jeremys Ohr, »dann mach ich Schluß mit dir und nehm mir was vor, was knuspriger ist als du.«

Jane kicherte. »Ich hoffe, Sie meinen damit nicht nur Gillian. Denn für mich wär's das erste Mal, daß ich höre, wie einer mich knusprig nennt. Also machen Sie endlich Schluß mit ihm, und fangen Sie doch bitte mit meiner Unterweisung an.« Ungeduldig ermahnte sie Jeremy: »Also um Himmels willen gib endlich auf, Jeremy. Sieht man doch, daß du geschlagen bist. Du bist wie Tante Belinda, die beim Schach noch dickköpfig weitermacht, wenn sie schon längst weiß, daß sie gleich mattgesetzt ist.« Sie sah Jeremy starr in die blutunterlaufenen Augen und kommandierte gebieterisch: »Jeremy Morgan, ich sage laut und deutlich, daß du aufgeben sollst. Ist das klar? Hörst du nicht? Du sollst tun, was man dir sagt!«

Jeremy starrte zurück. Er bewegte zaghaft die Finger. Jane nickte heftig. Da hob er die linke Hand.

Sidney lockerte den Würgegriff und sagte: »Keine faulen Tricks, klar?« Jeremy krächzte und schüttelte den Kopf, und beides tat ihm weh. »Okay! Lauf und hol das, was wir brauchen! Ich bleib hier und kümmere mich um meine beiden süßen Püppchen.«

Jane hatte keinen Blick für Jeremy, als er hinausging, sie war viel zu beschäftigt, Sidney kokett anzulächeln. Als er mit dem Heroin zurückkam, lächelte sie immer noch und schwätzte auf Sidney ein. Gillian stand in der Ecke und zitterte wie Espenlaub. Sidney machte eine der Schachteln auf und kostete von dem Pulver. »Okay! Auf geht's!« Er packte Gillian am Arm und zog sie zu sich.

Jane konnte sich vor Kichern nicht lassen. »O Sidney! Welche Enttäuschung! So etwas Banales! Sie und Verdauungsstörungen!«

»Reine Vorsicht, mein Schatz. Gillian und Jeremy und ich, wir müssen nämlich weg und haben in Cork was Großes vor, und da fühlen wir uns vielleicht in der Früh nicht so ganz wohl. Würde dich ja liebend gern mitnehmen, Süße, aber da hätte Tantchen sicher was einzuwenden.«

»Die sollten einen früher für mündig erklären«, sagte Jane trotzig.

Inzwischen war es draußen dunkel geworden. Es schien Jeremy, als ob Füße auf dem Kies knirschten. Janes Gesicht, für den Bruchteil einer Sekunde nicht unter Kontrolle, verriet ihm, daß sie es auch gehört hatte, aber sofort fing sie wieder an, ungehemmt drauflos zu schwatzen. Es klingelte an der Haustür. Verärgert fuhr sie Gillian an. »Du dummes Ding, hast du etwa die Tür von neuem verriegelt?«

Sidney hatte Gillian fest im Griff. Er sagte: »Das ist sicher Tantchen. Na, wir sagen ihr gerade noch hallo und sind dann weg.« Er zog Gillian rückwärts zur Wand, als Jane wütend in die Diele ging. Man hörte mehrere Männerstimmen. Sidney packte Gillian so fest am Arm, daß sie mit einem Klagelaut protestierte. Er küßte sie auf die Wange. Jane kam zurück. Triumphierend starrte sie auf die beiden Morgans und sagte kalt: »Gillian und Jeremy Morgan, macht euch auf eine unangenehme Neuigkeit gefaßt. Alles hat einmal ein Ende, ihr Lieben, und dies ist das Ende der Morgans. Die Familie Morgan wird *en bloc* deportiert. Jeder Widerstand ist zwecklos. Das Haus ist von den Männern der Insel umstellt.«

Sidney lachte und fluchte unflätig. »Was für ein Zeitpunkt für so einen Quatsch!«

Ein paar Männer waren schon eingedrungen und kamen ins Wohnzimmer. Big Tom Skehan sagte: »Hüten Sie Ihre dreckige Zunge, Mister! Sie werden mit deportiert. Sie mißfallen uns. Wir wollen Sie hier nicht auf Inishcarrig.«

»Läßt mich kalt, Kumpel!«

Sidney war völlig selbstsicher und zufrieden. Die Blicke aus seinen silbergrauen Augen zuckten lebhaft in alle Richtungen, er strotzte vor Tatkraft, als strömte nicht Blut, sondern elektrische Energie durch seinen Körper. Jeremy hatte ihn noch nie so überdreht gesehen. Jetzt war er sehr gefährlich.

Ganz allmählich wich die Lähmung, die Gillian befallen hatte. Sie nahm die vielen stämmigen Männer wahr, die ihre Retter sein konnten. Sie wandte den Kopf und blickte auf Sidney, der sich lässig gegen die Wand lehnte, die eine Hand in der

Tasche, die andere fest auf ihrem Arm. Sie blickte auf diese Horde kraftvoller Männer, und ihre schönen Augen verrieten, daß sie hellwach war. Sie atmete tief ein und öffnete ihren hübschen Mund. Mit seinem Blick auf Sidneys verborgene Hand hinweisend, sagte Jeremy hastig: »Vorsicht, Gillian! Sachte! Nichts überstürzen!« Erleichtert sah er, daß sie ihn verstanden hatte. Auch Gillian schaute jetzt auf Sidneys Tasche und stieß, enttäuscht und hilflos, einen tiefen Seufzer aus. Dieser Seufzer veränderte die Mienen der Männer, ihre Gesichter ließen Kummer und Gewissensbisse erkennen. Big Tom Skehan sagte unglücklich: »Geht uns allen gegen den Strich, Gillian, daß wir Sie vertreiben müssen, aber Sie wissen ja selbst, wie das halt mit Inishcarrig ist.«

»Du warst nur das Spielzeug eines Augenblicks«, sagte Jane voller Hohn.

Zorn blitzte in Gillians Augen. Sie machte den Mund auf, schloß ihn aber sofort wieder nach einem liebevollen Druck durch Sidneys Arme. Big Tom Skehan sagte gleichmütig: »Besser, wir gehen. Dr. Ann holen wir uns bei den Dooceys.«

Wie in den ersten Tagen war Ann den ganzen Abend lang zu völlig überflüssigen Hausbesuchen kreuz und quer über die Insel gefahren und hatte überall die gleichen ausdruckslosen Gesichter und die gleiche Abwehrhaltung gefunden, die noch schwerer zu ertragen war als die frühere offene

Feindseligkeit, weil es keine Erklärung dafür gab. Völlig mutlos kam sie schließlich bei den Dooceys an. Es war eines der kleineren Häuschen im Dorf, das eine Familie mit zehn Kindern beherbergte. Die gesamte Brut tummelte sich spielend und raufend in der engen Küche. Die Eltern blieben beim Torffeuer sitzen, als sie eintrat, und sahen sie mit verschlossenen Gesichtern an. Ann fragte ruhig: »Wer ist der Patient?«

Mrs. Doocey machte eine Kopfbewegung zu einem kleinen, etwa siebenjährigen Mädchen hin. »Carrie da hatte Bauchweh.«

Carries Gesicht war von vergossenen Tränen verschmiert. Unter dem Dreck schien es weniger gerötet zu sein als das ihrer Geschwister. »Bringen Sie sie bitte ins Schlafzimmer, Mrs. Doocey.«

Mrs. Doocey sagte gleichgültig: »Ach lohnt ja nicht. Können Sie nicht hier nachsehen?«

Ihr Mann sagte mit gleicher Teilnahmslosigkeit: »Ist doch egal, so oder so. Mach halt, was sie sagt.«

Die aufheulende Carrie wurde von der Mutter ins Schlafzimmer der Familie gezerrt. Sie kreischte und wand sich, als Ann ihren Unterleib abtasten wollte.

»Ich fürchte, Sie können sie nicht allein festhalten.« Ann war beunruhigt über eine harte Stelle im Unterbauch. »Vielleicht könnte Mr. Doocey helfen.«

»Ach, nicht nötig«, sagte Mrs. Doocey träge. »Die hat ein bißchen gekotzt. Ist aber vorbei.«

In diesem Augenblick warf Mr. Doocey ohne Anlaß die Tür weit auf und sagte: »Sie sind da.«

Mrs. Doocey ließ ihr brüllendes Kind los, das sich sofort wieder das Kleid über sein Bäuchlein zog. Ellen Driscoll erschien in der Tür. Hinter ihr füllte sich die Küche mit Männern. Ellen sagte in ihrem üblichen Ton übertriebener Ergebenheit: »Ich glaube, Dr. Morgan, es hat sich eine unerfreuliche Situation ergeben.«

Ann stand auf. »Mir ist der Sinn dieses Überfalls hier nicht klar, aber Sie sollten eigentlich wissen, Schwester, daß Sie die Störung einer Untersuchung nicht zulassen dürfen.« Ellen senkte bei diesem Vorwurf beschämt den Blick. »Sie selbst können hereinkommen, wenn Sie wollen, aber bitte machen Sie die Tür zu.«

Die Patientin sprang mit einem Satz vom Bett und stürmte wie ein kleines Raubtier an Ellen vorbei hinaus. Die Männer stießen sich gegenseitig an und murmelten. Big Tom Skehan, dem sein Unbehagen anzusehen war, stolperte nach vorn, den Blick auf Anns Füße gerichtet.

»Tut uns wirklich leid, was wir jetzt tun müssen, Dr. Ann, aber Sie wissen ja, wie's hier ist. Wer auch immer etwas anderes sagt, hier auf Inishcarrig hat nur ein O'Malley das Recht, Arzt zu sein, und wir haben dafür zu sorgen, daß das so bleibt.

Keiner von uns hat was gegen Sie oder die Ihrigen persönlich, und deswegen haben wir's vielleicht auch so lange schleifen lassen, aber auf die Dauer geht das nicht so weiter.« Er zögerte und sagte halb entschuldigend: »Müssen Sie ja selbst gesehen haben, daß das nicht so weitergeht.«

Ellen Driscoll sagte unbewegt: »Was Mr. Skehan nicht über sich bringt, freiheraus zu sagen, ist, daß Sie und Ihre Familie des Landes verwiesen werden sollen, Dr. Morgan. Als unerwünschte Fremde.«

Big Tom Skehan sagte grollend: »Hör doch endlich auf mit deinem Geschimpfe.«

»Ich würde mich niemals soweit vergessen, daß ich einer Vorgesetzten gegenüber den nötigen Anstand vermissen ließe.« Ellen faltete demütig die Hände. »Ich versuche ja nur, die Situation für Dr. Morgan so zu erhellen, daß Dr. Morgan alles verstehen kann.«

Big Tom Skehan wandte sich erleichtert an Jane, die sich einen Weg durch die Menge bahnte. »Erklären Sie's Dr. Ann mal freundlich, Jane.«

Jane trat selbstgefällig vor. »Freundlich ist hier nicht möglich. Aber um das ganze Gerede endlich abzukürzen, Ann: Was Ellen Driscoll erzählt hat, das stimmt. Die Morgans plus Sidney Haughten als Beigabe, um den Inselbewohnern eine Freude zu machen, werden aufs Festland gebracht. Nicht nach Lishaven, wo Sie ja noch in der Nacht in einem Hotel Unterschlupf finden könnten, sondern an einen abgelegenen Strand, der nur übers Meer erreichbar ist, und zwar ...«

Big Tom Skehan warf mit schlechtem Gewissen schnell ein: »Ist ja eine schöne, warme Nacht.«

»... und zwar sofort in dieser schönen, warmen Nacht«, fuhr Jane fort. »Am nächsten Tag werden Sie zweifellos dort entdeckt und geholt werden. Wegen der Behandlung, die Ihnen Inishcarrig angedeihen ließ, wird man Ihnen viel Mitgefühl entgegenbringen, und diese furchtbare Geschichte wird unweigerlich in die Zeitungen kommen. Man rechnet hier damit, daß eine Gemeinheit dieses Ausmaßes jedermann, der sich auch nur die geringste Selbstachtung bewahrt hat, davon abhalten wird, diese Insel jemals wieder zu betreten, die so offen und hohnvoll den Hinauswurf inszenierte. Es ist ein genialer Plan, Sie loszuwerden, und Sie müssen zugeben, wenn Sie ehrlich sind, daß er so human ins Werk gesetzt wurde, wie es unter den Umständen möglich ist.«

»Mensch«, sagte einer voller Ehrfurcht, »hat die ein Mundwerk.«

»Das hab ich«, bestätigte Jane. »Aber ihr brecht jetzt besser auf, bevor Tante Belinda und Bridget Dunne zurück sind.«

Ann hatte sich nicht gerührt. Den Aufruhr ihrer Gefühle unterdrückend, hatte sie nur den einen entscheidenden Punkt vor Augen. »Jane, mach all deinen Einfluß geltend, damit sie nicht sofort gehen. Wir haben hier ein Kind, das möglicherweise Blinddarmentzündung hat. Es muß beobachtet werden. Es ist unbedingt nötig, daß ich es in ein, zwei Stunden wieder untersuchen kann. Schwester, erklären Sie bitte den Leuten die Gefahr.«

»Selbstverständlich, Dr. Morgan.« Mit gefalteten Händen stand Ellen da, den Blick bescheiden zu Boden gerichtet, und sagte tonlos: »Dr. Morgan glaubt, daß wir ein Kind hier haben, das möglicherweise Blinddarmentzündung hat. Dr. Morgan glaubt, daß es beobachtet werden muß. Dr. Morgan glaubt, daß sie das Kind in ein, zwei Stunden wieder untersuchen muß.«

Mr. Doocey rief: »Meine Carrie, die ist gesund wie 'n Fisch im Wasser. Hat sich mit rohen Rüben vollgestopft, das ist alles.« Ellen schwieg. Ann sah sie ungläubig an und wandte sich wieder an Jane.

»Jane, wie jung du auch bist, aber das wirst du doch verstehen.« Jane zuckte die Achseln. Ann sah in die unerbittlichen Gesichter ringsum. »Ihr wollt doch nicht das Leben eines Kindes aufs Spiel setzen wegen eurer falsch verstandenen Treue?« Die Gesichter blieben unerbittlich. Bestürzt sagte sie: »Ihr seid entweder unmenschlich brutal oder geistesgestört. Ich sage hiermit klar und deutlich, daß ich mich weigere, Inishcarrig zu verlassen, bis ich mit Carrie Dooceys Zustand zufrieden bin.«

Die Männer husteten und traten von einem

Bein aufs andere. Einer sagte: »Ach machen Sie's uns doch nicht so schwer, Dr. Ann. Ist sowieso schon schlimm genug für uns, aber Sie machen's noch schlimmer, wenn Sie uns zwingen, Sie mit Gewalt wegzubringen.«

»Bitte sehr! Nur mit Gewalt könnt ihr mich hindern, meine Pflicht zu tun.«

Zwei Männer traten heran und nahmen sie so rücksichtsvoll, wie es unter den Umständen möglich war, am Arm. Jane sagte: »Mein Gott, Sie sind ja wahnsinnig mit Ihrer Pflichttreue. So wie man Sie behandelt, da würde doch jeder normale Arzt sagen, je mehr von dieser Sorte abkratzt, um so besser.« Während sie an Ellen Driscoll vorbeigeführt wurde, sagte Ann beherrscht: »Schwester, Sie müssen alle zwei Stunden nach dem Kind sehen.« Ellen neigte gehorsam das Haupt.

Mit Rücksicht auf die Bequemlichkeit der Passagiere und wegen seiner Schnelligkeit lieh man sich ohne lange nachzufragen Edward Fentons Motorboot aus, das ohnehin inzwischen zu einer Art Gemeinbesitz geworden war. Als die letzte Gefangene zum Hafen gebracht wurde, waren die anderen drei schon im Boot, zusammen mit vier Bewachern der Insel. Sidney Haughten hatte gerade erfahren, daß es geplant war, die Gesellschaft nicht nach Lishaven zu bringen, wie es zweckmäßig gewesen wäre, sondern sie in einer unzugänglichen

Bucht auszusetzen, und er protestierte heftig. Schließlich bestand kein Grund, ihn mit den Morgans in einen Topf zu werfen. Was diesen Teil des Komplotts anlangte, würde es in der Öffentlichkeit einen viel stärkeren Eindruck machen, wenn nur die Morgans als geschlossener Familienverband verstoßen aufgefunden würden, so daß sein Angebot, ihn gegen Bezahlung nach dem Absetzen der Morgans noch die paar Meilen weiter nach Lishaven zu bringen, von den praktisch denkenden Inselbewohnern gerne angenommen wurde. Jeremy war still und dachte stirnrunzelnd nach. Gillian brach in Tränen aus, als sie Ann sah.

»Sie hatten solche Angst vor Belinda und Bridget Dunne, daß sie uns nicht einmal Zeit zum Packen ließen. Wir durften uns nur ein paar Mäntel und Sachen nehmen, damit wir nicht erfrieren. Ach Ann, wir haben noch Glück, daß wir heil von dieser entsetzlichen Insel wegkommen.«

»Halt deine wüste Zunge im Zaum«, sagte Jane warnend, »du bist noch nicht heil von hier weg.«

Gillian schaute sie an, dann Sidney und dann Mike Hanlon, der gegen einen Poller lehnte und so tat, als wäre er todunglücklich; gemeines, hinterhältiges Volk, alle miteinander, der ganze Kai war voll davon. Es war zuviel, sie ließ sich gehen und versank in einem Gefühlschaos von Angst und Verzweiflung.

Ann stieg ein. Sie antwortete nicht auf die grüßenden Bemerkungen der Männer. Sie kannte alle vier – die Brüder Kirwan, Dinny Lacey und Seamus Breen. Ihre Gedanken waren in Aufruhr; die Sorge um ihre kleine Patientin bedrückte sie, die gefühllose Gleichgültigkeit dieser Inselleute erschreckte sie, und außerdem fühlte sie sich unendlich elend aus einem anderen Grund, den sie aus ihrem Bewußtsein zu verbannen suchte. Der Motor sprang an. Ein Chor von Abschiedsrufen, fast ein Klagegesang, erfüllte den Hafen. Die Heuchelei dieser Leute kannte keine Grenzen. Sidney Haughten lehnte sich vor und sagte etwas zu Gillian. Sie wandte sich schnell von ihm ab und trat neben Ann. »Ach Ann, ist das nicht alles schrecklich?« Ann legte einen Arm um sie, und Gillian drängte sich wie ein schutzsuchendes Kind an ihre Schwester. Jeremy grinste Ann fröhlich an. »Kopf hoch, Doc!« Ann brachte es fertig, zurückzulächeln. Abgesehen von der Sorge um Carrie Doocey hatte sie allen Grund, sich darüber zu freuen, daß die kleinen, matten Lichter von Inishcarrig immer kleiner und matter wurden. Sie hätte niemals aufgegeben. Aber durch körperliche Gewalt zum Aufgeben gezwungen zu werden war eine ehrenvolle Niederlage. Ja, sie war tatsächlich froh. Ein normaler Mensch vermißte beim Verlassen von Inishcarrig nichts. Nichts und niemanden. Jawohl, niemanden. Sie sah Bruder und Schwester an und hatte das Gefühl, jetzt dürfe sie überzeugt sein, ihr Ziel erreicht zu haben, da sie auf die Insel gekommen war. Nun würde sie heimkehren und ihre Tage mit Arbeit und der Sorge um ihre Familie derart ausfüllen, daß keine Zeit mehr übrig wäre, um an etwas anderes zu denken. Oder an jemand anderen.

Die vier Männer gaben sich Mühe, die Passagiere zu unterhalten, aber nur Sidney ging darauf ein. Er war in so glänzender Laune, daß Ann sich fragte, ob er vielleicht etwas berauscht sei, obwohl Gillian ihr einmal gesagt hatte, er trinke nicht. Die Vorstellung, wie entsetzt der alte Fenton wohl sein werde, wenn er erfährt, daß ausgerechnet sein Motorboot zum Rücktransport seiner Landsleute mißbraucht worden ist, löste bei ihm große Heiterkeit aus: »Wenn er erst bei den O'Learys ist, dann sitzt er da stundenlang und notiert sich die alten Sprüche«, sagte Dinny Lacey. »Könnte sogar sein, er geht heut friedlich ins Bett und merkt's erst am nächsten Morgen.« Hoffnungsvoll setzte er hinzu: »Vielleicht betrachtet er sogar das Geschäft hier als Eigenart unseres Stammes, so wie eine Sitte bei den Polynesiern oder Eskimos.«

Jeremy sagte nachdenklich: »Miss Dunne wird mich schwer vermissen.«

»Wir haben hier einen schönen Korb, den hat Mrs. Barry vollgepackt, damit Sie was haben, bis Sie morgen geholt werden«, sagte einer der Kirwans einladend. »Sandwiches, Kuchen und Kaffee. Auch ein Brandyfläschchen, um sich einzuheizen. Will vielleicht jemand was davon haben?«

Ann schwieg. Gillian erschauerte. Jeremy sagte: »Was uns betrifft, so könnt ihr euren verdammten Korb den Fischen geben.« Sidney hingegen ließ Mrs. Barry seine Anerkennung wegen ihrer vorzüglichen Hühnerfleisch-Sandwiches aussprechen.

Die irische Küste war nur noch ein tiefdunkler Schattenstrich gegen den Nachthimmel. Schon lange vorher hatten die Morgans jeden Versuch, sie in eine nette Unterhaltung zu ziehen, schroff abgewiesen. Selbst Sidney langweilte sich jetzt und blieb stumm. Endlich fiel der Scheinwerferstrahl des Boots auf den vorgesehenen Strand. Der Mann am Ruder setzte das Boot sanft auf den feinen Kies im seichten Wasser. Ann wurde respektvoll, Gillian fast zärtlich hinübergetragen. Jeremy sprang heraus und watete die paar Meter zum Strand. Als Sidney hörte, es seien jetzt nur noch zwanzig Minuten bis Lishaven, entschied er sich, im Boot zu warten.

Die Männer trugen die Mäntel und Decken und den Korb und führten Ann und Gillian behutsam zu einer, wie sie sagten, gut geschützten Stelle am Fuß einer hohen Klippe. Jeremy stakte hinterher. Wie er in dem schwachen Licht erkennen konnte, stiegen ringsherum alle Klippen steil an. Überall waren hohe Felsbrocken verstreut. In einer Felsennische unter der Klippe legten die Männer grobe Wolldecken aus. Gillian hatte sich schon darauf geworfen. Ann stand noch aufrecht, als wäre sie selbst einer der Felsen. Jeremy stieß zu ihnen und stellte sich neben sie.

»Dauert ja nicht mehr lang, bis es Tag wird«, sagte Seamus Breen aufmunternd und rief dann: »Du heiliger Himmel!« Alles war mit einemmal hell erleuchtet, und die Felsen wurden lebendig, so schien es, als Männer hinter der Deckung hervorbrachen und zum Wasser stürzten, wo das Boot mit Sidney im taghellen Licht mehrerer Scheinwerfer erschien. Es war ein so dramatisches Schauspiel, daß Jeremy zusammenfuhr, obwohl er die ganze Zeit gewußt hatte, daß irgendwann, irgendwo heute nacht etwas Entscheidendes passieren würde. Auf Jane konnte man sich bedingungslos verlassen.

Sidney war hochgeschnellt und hatte unwillkürlich beim ersten Warnzeichen seinen Revolver gezogen, doch so verblendet war er nicht, daß er ihn auch benutzt hätte. Er ließ ihn sofort fallen, ergriff sein Heroinpäckchen und schleuderte es ins Meer. Aber bevor es anfing zu sinken, war ein Mann schon hingeschwommen und hatte es an sich genommen.

Jeremy stürmte Richtung Boot los und hatte nur einen Gedanken: Was für eine Schande, daß Jane das nicht miterlebt. Es ging alles so schnell, daß Sidney schon außerhalb des Boots festgehalten wurde, als Jeremy dort ankam. Insgesamt waren es sechs Polizisten, nur drei davon in Uniform, aber man sah ihnen allen ihren Beruf sofort an. Zwei von ihnen waren offenbar Engländer. Dann erkannte er, daß einer doch kein Polizist war, sondern Bill O'Malley. Er stand etwas abseits.

Sidneys schweißnasses Gesicht war bleich; er sah aus, als hätte er noch nie in seinem schändlichen Leben einen Schuß so nötig gehabt wie jetzt. Er sagte: »Glaubst wohl, du kriegst einen Orden, weil du mich hier verpfiffen hast, du dreckige kleine Ratte?« Jeremy erstarrte; das war kein Spiel, dem man unbeteiligt zusah. Nicht für Sidney. Und nicht für ihn selbst. »Du verdammter kleiner Heuchler willst wohl den Kronzeugen spielen!« Sehr schnell wurde Sidney jetzt formell verhaftet und von einem irischen Kriminalbeamten über seine Rechte belehrt, aber das brachte ihn nicht zum Schweigen. Er schien überzeugt – und sicher zu Recht diesmal –, daß er erledigt war, und entschied sich infolgedessen zu einer Flucht nach vorn. Jeremy ließ alles stumm über sich ergehen, was sollte er sonst machen? Er war wohl selbst auch erledigt. »Aber nein, du Rotznase, mit mir nicht!« sagte Sidney. »Wir stecken beide drin.« Er leckte sich über die Lippen. Es war schrecklich zu sehen, wie er körperlich verfiel. »Der kleine Unschuldsengel hier und ich, wir sind schon lange zusammen im Geschäft.« Die anderen waren jetzt auch ans Wasser gekommen. Die Männer der Insel starrten mit offenem Mund auf das Geschehen. Gillian weinte vor sich hin. Jeremy sah aus den Augenwinkeln Anns Schulter. Er blickte sie nicht an, er wollte nicht abermals einen Eiszapfen sehen, der diesmal nie mehr auftauen würde. Dann fühlte er ihre Hand, die seine heftig drückte. Aber zu spüren, wie anständig sie sich benahm, während herauskam, wie er sie betrogen hatte, das verursachte ihm solche Pein, daß er seine Hand losriß. Sidney redete ohne Unterbrechung. »Woher glauben Sie wohl hab ich das Zeug, das Sie da rausgefischt haben? Von Master Jeremy! Ich kann's beweisen!« rief er triumphierend. »Ich kann's beweisen.«

Einer der englischen Kriminalbeamten sagte angeödet: »Ich habe Sie über Ihre Rechte belehrt, aber ich hab nichts dagegen, wenn Sie uns unbedingt die Arbeit erleichtern wollen.«

»Ich will nur nicht, daß Sie was auslassen!«

»Keine Sorge, wir lassen schon nichts aus.«

Aus seiner Deckung glitt ein Polizeikreuzer zum Strand.

Sidney lachte heiser. »Warum kommt ihr nicht gleich mit einem Zerstörer? He! Da fällt mir ein, was habt ihr hier überhaupt zu suchen? Das ist irisches Territorium! Heiliges, altes Shamrock-Land!«

»Richtig. Das sind die Kollegen vom Einsatzkommando Shamrock. Rechtlich gesehen, bestimmen sie hier. Aber freundlicherweise verzichten sie uns zuliebe auf Ihre Person. Sie halten hier nur so lange die Hand über Sie, bis wir die Auslieferungsverfügung haben. Nach dem Frühstück.«

Der Blick der silbergrauen Augen zuckte zu Jeremy: »Hoffst wohl, du kommst mit einer winzigen Jugendstrafe davon, du minderjähriges kleines Schwein von Betrüger?«

»Vielleicht tröstet es Sie, Haughten«, sagte der Kriminalbeamte mit dem gleichen Widerwillen, »daß unser junger Freund hier in keiner Weise verantwortlich ist für das, was hier geschieht. Es schmeichelt Ihnen sicher, wenn Sie hören, daß unser Superintendent Fenton sich seit einiger Zeit ganz persönlich ausschließlich mit Ihnen befaßt hat.«

Sidney war so sprachlos, daß er sich widerstandslos zum Polizeikreuzer abführen ließ. Jeremy war ohnehin die ganze Zeit sprachlos geblieben; er hörte einen Beamten vertraulich zu Ann sagen: »Ich fürchte, man wird Ihren Bruder bei der Verhandlung als Zeugen benötigen, aber Sie brauchen keine Angst zu haben. Wir werden auch versuchen, Ihre Schwester wenn möglich aus allem herauszuhalten.«

Jeremy fiel es schwer, die Sache mit dem alten Edward, diesem pingeligen alten Edward, zu verdauen. Offenbar war er auch einer der Sahnetortenschlemmer in dem Café in der Oxford Street gewesen, als Sidney ihn zum ersten Mal unter Druck gesetzt hatte. Seitdem hatte Superintendent Fenton – ach Quatsch, man konnte ihn doch gar nicht anders als Edward nennen – Jeremy anscheinend nie mehr aus den Augen verloren. Die Polizei habe sehr genau gewußt, fuhr der Kriminalbeamte fort, daß Jeremy gar nicht mitmachen wollte. Alle hätten sie bedauert, an erster Stelle Superintendent Fenton, daß er uninformiert bleiben und unter der Situation leiden mußte, aber es sei leider nicht anders gegangen. Ohne es zu wissen, hatte Jeremy mitgeholfen, daß Interpol über den französischen Seemann und den Studenten aus Cork die Spur von Marseille bis zur Türkei zurückverfolgen und Sidneys Hauptbezugsquelle feststellen konnte.

Ganz allmählich dämmerte es Jeremy, daß er nicht nur kein Verbrecher war, nicht nur seiner Familie keine Schande gemacht hatte, sondern sich im Gegenteil als Held des Tages entpuppte. Er schwoll vor Stolz, aber das verging gleich wieder, als er daran dachte, daß in der Verhandlung für alle Beteiligten viele unangenehme Dinge ans Licht kommen würden. Er murmelte: »Tut mir alles sehr leid, Ann.«

»Schon gut, Jeremy.« Ann war bleich. Zu dem Kriminalbeamten sagte sie: »Ich danke Ihnen für

Ihre Rücksicht. Ich nehme an, daß Superintendent Fenton ...« Sie zögerte. »Ich nehme an, Sie wissen, aus welchem Grund wir hier sind.«

»Wir wußten schon lange vor Ihnen, was die mit Ihnen vorhatten.« Er lachte leise. »Ist schon ein Irrsinnsort, Ihre Insel, Doc.«

»Es war der reine Irrsinn.«

Bill O'Malley, der abseits mit den Männern der Insel gesprochen hatte, kam heran. Er blickte sehr ernst. »Es muß die Hölle für dich gewesen sein, Jeremy, diese letzten Wochen. Wir werden versuchen, das für den Rest deiner Zeit auf Inishcarrig wieder gutzumachen. Dürfen wir jetzt wegfahren, Inspektor?«

»Aber sicher. Sagen Sie uns nur bitte Bescheid, wenn sich Ihre Adresse ändern sollte, Dr. Morgan.« Er schlug Jeremy freundlich auf den Rücken. »Vergiß jetzt alles, und mach dir eine schöne Zeit auf deiner komischen kleinen Insel.«

Ann lächelte dünn. »Ich glaube, niemand von uns hat den Wunsch, dorthin zurückzukehren.« Sie suchte die Zustimmung ihrer Geschwister und fand sie in ihren starren Gesichtern. »Wäre es möglich, uns im Polizeiboot nach Cork mitzunehmen?«

»Selbstverständlich, wenn Sie das wollen.« Er lachte in sich hinein. »Superintendent Fenton gab uns den Auftrag, Dr. O'Malley aufzustöbern, damit er Sie nach Inishcarrig zurückbringen kann, aber man weiß natürlich nicht, was diese Inselleute sich jetzt wieder für Sie einfallen lassen.«

»Auf die neuen Einfälle dieser Leute bin ich nicht neugierig, Inspektor. Ich habe keine Lust mehr, diesen Ort wiederzusehen.«

Bill sagte: »Einen Augenblick noch, Inspektor.« Er nahm Ann beiseite. »Liebling, bitte sei vernünftig!«

»Ich bin vernünftig, Bill.«

»Du weißt, daß das ohne unser Wissen geschah.«

»Du und deine Familie, ihr könnt euch der grundsätzlichen Verantwortung nicht entziehen.«

»Ich habe dir schon gesagt, ich habe diesen Unsinn von Inishcarrig nie mitgemacht. Also schön, wenn du nicht zurück willst, fahren wir auf der Stelle zusammen nach London.«

»Nach allem, was man uns heute angetan hat, ziehe ich es vor, dich nie mehr zu sehen.«

»Wie denn? Du schmeißt alles hin? Aus Sturheit? Nur aus Trotz, weil du glaubst, daß dein Stolz verletzt worden ist?«

»Deine Charakteranalyse interessiert mich nicht. Ich schmeiße nichts hin, was wert wäre, behalten zu werden.«

»Das ist doch wirklich blödsinnig. Wir lieben uns! Herrgott noch mal, jetzt sind wir schon soweit, daß ich vor allen Leuten im Flüsterton um ein Mädchen anhalten muß.«

»Ja, ich liebe dich, das weißt du. Aber du weißt auch, obwohl du's nicht zugeben willst, daß wir überhaupt nicht zusammenpassen.«

»Na und? Vielleicht geht's wirklich nicht, aber das muß man doch wenigstens mal probieren. Dann haben wir doch mindestens für eine kleine Weile, was wir eigentlich beide wollen.«

»Ich heirate nicht, es sei denn, ich habe guten Anlaß zu glauben, daß die Ehe auch hält.«

»Ja du lieber Himmel, hör doch mal auf deine innere Stimme und tu endlich, um was ich dich dauernd bitte. Dir selbst zuliebe. Laß dich los! Wag es, dich gehenzulassen!«

»Ich werde weder nach Inishcarrig zurückfahren noch dich heiraten.«

»Na schön. Wenn du es unbedingt so haben willst, werde ich dich im Schiffsgefängnis begleiten. Von nun an werde ich bei dir sein, wohin du auch gehst. Jede Frau kann man mürbe machen, wenn es der Mühe wert ist.«

»Diesmal nicht. Zufällig fügt es sich, daß du ohne weiteren Aufschub nach Inishcarrig fahren mußt, Bill.«

»Mein liebes Mädchen, kapiere doch endlich, daß es mir ernst ist.«

»Mir auch. Ich war bei diesen Dooceys, bei Carrie, als sie mich wegschleppten. Ich protestierte, aber sie hörten gar nicht zu. Seit der Zeit mache ich mir um die Kleine Sorge. Bill, ich fühle mich nicht wohl beim Gedanken an ihren Blinddarm.«

»Das ist ja zu schön, um wahr zu sein. Doktor, Sie haben keine Wahl mehr, Sie müssen nach Ihrer Patientin sehen.«

»Ich habe sie zuletzt vor ungefähr drei Stunden gesehen. Du brauchst mindestens zwei Stunden, bis du in Inishcarrig landest. Bill, du hast keine Zeit mehr zu verlieren mit dem dummen Gerede. Leb wohl, Bill, lieber Bill, leb wohl!«

»Noch nicht mal Auf Wiedersehen, mein Schatz. He, Männer! Setzt euch in Fentons Kahn und verschwindet nach Hause. Ich fahre mit den Morgans weiter nach Cork.«

»Bill, du mußt mir glauben. Carrie Dooceys Zustand kann sehr ernst sein, ich übertreibe nicht!«

»Aber natürlich glaube ich dir. Du würdest nicht mal lügen, wenn's um dein Leben ginge. Arme kleine Carrie!«

»Bill, nicht mal du würdest so weit gehen, das arme Kind im Stich zu lassen.«

»Doch, mein liebstes Mädchen, genau das mache ich. Finde dich damit ab, daß deine Carrie Doocey auf Inishcarrig entweder zwei behandelnde Ärzte haben wird oder gar keinen.«

13

Gillian und Jeremy glaubten ihren Ohren nicht zu trauen, als sie hörten, daß Ann nach Inishcarrig zurückkehren wolle. Ohne ein Wort von Bill zu sagen, erklärte sie, daß sie keine andere Wahl habe, und schlug vor, sie sollten mit dem Polizeiboot nach Cork vorausfahren und dort auf sie warten. Jeremy erwiderte schroff, daß er seine Schwester nicht einmal eine Stunde lang unter diesen Wilden allein ließe. Abermals fand sich Gillian, die sich eigentlich immer als lästiges und störendes Anhängsel erwies, dazu gedrängt, dem hohen Ideal der Morgans gerecht zu werden, und schweren Herzens gab sie die Hoffnung auf ein Tête-à-tête mit dem gutaussehenden Inspektor auf.

Die Fahrt war bedrückend. Die Männer der Insel waren unterwürfig und reuevoll. Sie benahmen sich so unauffällig wie möglich. Ihre Strafpredigt hatten sie schon bekommen, waren aber töricht genug, die gleichen Entschuldigungen zu wiederholen. Bill sagte kurz angebunden: »Nichts schafft die Tatsache aus der Welt, daß Gäste des Hauses O'Malley beleidigt wurden.« Aber Dr. Ann habe ja gar nicht zu denen gehört, brachte Dinny Lacey vor, der sich wand wie ein Wurm, und war es denn nicht besser, die Begleitung ihres Bruders und ihrer Schwester gleich mit einzuplanen, als Dr. Ann allein oder gar mit Mr. Haughten auf dem trockenen sitzenzulassen? Das war ohne Zweifel sehr logisch gedacht, und Bill vermied es geschickt, darauf zu antworten, indem er dazu nur hochmütig schwieg. Die Morgans, hungrig, durstig, müde und verärgert, legten es darauf an, unfreundlich zu sein, und es gelang ihnen auch vorzüglich. Jeremy sagte: »Sie werden verstehen, Dr. O'Malley, daß Gillian und ich von nun an bei Ann pennen wollen.« Gillian fügte hinzu: »Falls wir wirklich noch eine Nacht auf dieser scheußlichen Insel verbringen müssen.« Ann beruhigte sie. »Ich hoffe sehr, daß das nicht nötig ist. Sowie ich über Carrie Doocey Bescheid weiß, werde ich das Gesundheitsministerium in Dublin davon in Kenntnis setzen, daß es mir unmöglich gemacht wurde, meinen Verpflichtungen nachzukommen, und ich hiermit den Vertrag vorzeitig zu kündigen gezwungen bin.« Jeremy meinte: »Ich wette, der alte Edward, ich meine Superintendent Fenton, hat nichts dagegen, noch etwas zu warten, bis wir zur Abfahrt bereit sind. Jedenfalls beruhigend, noch einen Menschen auf der Insel zu haben, der kein irischer Halsabschneider ist.« Gillian sagte: »Hoffen wir, daß der Doocey-Balg gesund wird oder stirbt, nur Hauptsache schnell. Wofür er sich entscheidet, soll mir egal sein.«

Es dämmerte, als diese mit Feindseligkeit geladene und scheinbar ewige Fahrt zu Ende war. Eine einsame kleine Gestalt erwartete sie am Kai. Es war Jane, die sie lässig begrüßte. »Willkommen zu Hause, liebe Leute. Ich habe von Grangemore Ausschau gehalten. Sowie ihr gesichtet wurdet, fing Bridget an, ein tolles Essen zu machen, und Tante Belinda und Edward warten nur darauf, die Champagnerkorken knallen zu lassen. Schampus zu Ehren von Jeremy, das ist doch klar.«

Jeremy stieg als erster aus. Jane konnte sehr wohl eine irische Halsabschneiderin sein, wenn sie wollte, aber Jeremy konnte gar nicht anders, als sich über das Wiedersehen zu freuen. Die alte Jane war wirklich große Klasse. Er sagte: »Hallo! Das muß man dir lassen, das war prima, wie du das in Grangemore mit Sidney hingedreht hast. Hätte ich dich nicht gekannt, dann wäre ich auch drauf reingefallen.«

Jane bemerkte stolz: »Edward meint, er kennt nur noch eine außer mir, die so unschuldig aussehen kann, und die hat zwei Männer und eine Schwiegermutter vergiftet.«

Mit ihrer hellen, diesmal eisig klirrenden Stimme sagte Gillian: »Zweifellos eine entfernte Verwandte eurer Sippe. Jeremy, Ann will sich jetzt das widerliche Gör der Dooceys ansehen, und wir beide gehen schon zur Klinik, wenn dieser scheinheilige Fratz endlich aufhört, dir die Ohren vollzuschwatzen.«

Jane sah ganz klein aus, verwirrt und erstarrt. Jeremy war verlegen. »Also die Sache ist so, Jane...«

»Die Sache ist so«, sagte Gillian wie der willensstarke Geist, der abermals über das schwache Fleisch triumphiert, »daß wir an Bridget Dunnes Kochkünsten genausowenig interessiert sind wie am Champagner deiner Tante oder an irgendwas, was nach Grangemore riecht. Wir haben die Absicht, in der Klinik zu warten, bis Ann sich in ihrer lächerlichen Gewissenhaftigkeit überzeugt hat, ob diese kleine Doocey Blinddarmentzündung hat oder nicht, und wenn wir Glück haben, können wir mit Edward am Nachmittag Inishcarrig endgültig verlassen.«

Diesmal hatte es Jane die Sprache verschlagen. Sie blickte von Ann zu Bill. »Aber wir dachten... Ich meine, Tante Belinda sagte, sie sei überzeugt...« Anklagend schaute sie ihren Vetter an. »Und jetzt? Deine fabelhafte Taktik, was hat sie uns gebracht?«

Ungerührt entgegnete Bill: »Laß mir Zeit.«

»Du hast genug Zeit gehabt, und jetzt sieht's so aus, als ob dir keine mehr bleibt.«

»Doch«, sagte Bill. »Du bist jetzt Zeuge, wie ich alle Brücken hinter mir abbreche.« Er rief der Bootsbesatzung auf Irisch etwas zu. Die armen gemaßregelten Kreaturen standen einen Augenblick lang stumm vor Staunen und brachen dann in lautes Gelächter aus. Die Brüder Kirwan nahmen es sich sogar heraus, ihrem Dr. Bill auf die Schultern zu schlagen. Dinny Lacey schüttelte ihm ungestüm die Hand, und Seamus Breen warf den Kopf zurück und brüllte frohlockend den Morgenstern an. Gillian konnte sich nicht beherrschen und forschte neugierig bei Jane nach. »Was hat er ihnen gesagt?«

»Es hat indirekt mit Grangemore zu tun, ist also für dich nicht interessant.«

Gillian drehte sich auf dem Absatz um und überließ es Jeremy, ob und wann er ihr folgen wollte. Ein paar schläfrige, ungepflegte Galgenvögel dieser Insel schlenderten langsam zum Kai. Unter ihnen war Mike Hanlon. Sie ging an ihm vorbei, als wäre er Luft. Es war nicht länger nötig, sich bei diesen Leuten lieb Kind zu machen, und von Trotteln wie Mike hatte sie mehr als genug. Mehr als genug hatte sie auch von Typen wie Sidney Haughten, doch Sidney war in gewisser Weise wenigstens nützlich gewesen. Durch ihn hatte sie viel gelernt, und in den langen, herrlichen Jahren, die vor ihr lagen, angefüllt mit den Schätzen der Welt, nach denen sie nur zu greifen brauchte, würde sie bedachtsam immer nur das Beste und Feinste wählen. Durch den Panzer ihrer Selbstsucht hindurch sah sie das Idealbild der jungen, strahlend schönen Gillian Morgan, und mit diesem Bild vor Augen schritt sie selbstbewußt in die Zukunft.

Jeremy sah ihr nach und sagte, immer noch verlegen: »Es ist ja wahr, was Inishcarrig an Niedertracht zu bieten hat, ist mehr, als einer aushält. Wärst du an unserer Stelle, du würdest doch auch sagen, eure verdammte Insel kann mir gestohlen bleiben, oder?«

»Ach hör doch auf, über den Quatsch zu reden«, wies ihn Jane ungeduldig zurecht.

»Was ich dir klarmachen will, ist ja nur, daß sich hoffentlich zwischen uns nichts ändert, wenn wir uns jetzt den Staub der Insel von den Füßen schütteln. Meinst du nicht auch?«

»Na klar. Da wird sich niemals etwas ändern.«

»Ich meine, wir könnten uns doch immer mal von Zeit zu Zeit verabreden, wo wir auch gerade sind, oder?«

»Meine Güte, warum wiederholst du denn dauernd, was sich von selbst versteht? Paß nur auf, Jeremy Morgan, daß du dich nicht zu einem Langweiler erster Güte auswächst.« In ihrer überheblichen Art, die schon immer seine Mordlust herausgefordert hatte, fuhr sie fort. »Tatsächlich wird uns schon der pure Anstand zur Auflage machen, daß wir uns öfter sehen, ob wir wollen oder nicht. Du bist ziemlich dämlich, weißt du! Du hast offenbar noch gar nicht gemerkt, daß uns eine Fusionierung ins Haus steht.«

Ann hatte sich in aller Stille von den anderen zurückgezogen. Im grauen Licht des Tagesanbruchs drängten sich die Häuschen wie frierend und in sich gekehrt aneinander. Die Kälte der Morgendämmerung, die für sie keinen Anfang, sondern einen Abschluß bedeutete, schnitt ihr ins Herz. Hinter dem Fenster im Doocey-Haus waren die dünnen Gardinen mit Nadeln zusammengesteckt. Ann wollte die Familie nicht ohne Not aus dem Schlaf reißen und ging weiter zu Ellen Driscolls Haus, wo das Licht einer Lampe durch den Rolladen schimmerte.

Auf ihr leises Klopfen antwortete Ellen Driscoll sofort. »Herein!« Die Tür öffnete sich direkt zur Wohnküche des kleinen Zweizimmerhäuschens. Ann trat ein. Ellen schloß die Tür und lehnte sich dagegen. Sie trug einen langen scharlachfarbenen Morgenmantel. Ihr schwarzes Haar hing ihr, zu einem dicken Zopf geflochten, über die Brust bis zur Hüfte. Sie sah prachtvoll aus. »Da sind Sie also trotz allem wieder zurückgekommen.«

»Es war unvermeidlich. Wie geht es Carrie Doocey, Schwester?«

»Schläft sicher tief und fest. Das war doch nur ein Vorwand, um zurückzukommen, nicht wahr? Glauben Sie wirklich, das hätte niemand gemerkt?«

Ellens Miene zeigte noch deutlicher als ihre Aussage, daß sie die Beziehung Ärztin – Schwester als beendet betrachtete. Aber Ann blieb entschieden bei der Sache. »Ich frage Sie noch einmal, Schwester, wie es Carrie Doocey geht.«

»Als wüßten Sie das nicht! Eine kleine Magenverstimmung. Längst vorbei. Glauben Sie denn, irgend jemand wäre auf Ihr Märchen von der Blinddarmentzündung reingefallen? Ich jedenfalls nicht.«

In Ellens Gesicht, das bislang streng beherrscht auf Respekt ausgerichtet war, loderte nun nackter Haß. Ann erstarrte vor Abneigung. Die Kontrolle ihrer Gefühle war ihr so zur zweiten Natur geworden, daß die mangelnde Zurückhaltung anderer ihr unanständig erschien. Sie sagte: »Wenngleich ich Ihr Benehmen bedauerlich finde, setze ich immer noch soviel Vertrauen in Ihr Urteil, daß ich meinen Besuch bei den Dooceys etwas später machen werde. Dann natürlich als reine Formalität. Das ist wohl alles, Schwester.«

Aber Ellen wich nicht von der Tür.

»O nein, das ist nicht alles. Jetzt werde ich Ihnen endlich ins Gesicht sagen, was ich von Ihnen halte, und es ist mir egal, ob Sie mich um meine Stelle bringen. Das ist genau die Gemeinheit, die Ihnen zuzutrauen ist.« Außer sich vor Wut rang sie nach Luft, und der dicke Strang ihres Haares hob und senkte sich mit ihrer Brust. »Aber ich muß es endlich loswerden, und wenn's mein Tod wäre. Mir wird schon übel, wenn ich Sie ansehe, Sie käseweiße Intrigantin, Sie. Tut so, als könnte sie kein Wässerchen trüben, immer ordentlich und proper, die arme, liebe, nette Dr. Ann, und hat dabei nichts anderes im Sinn die ganze Zeit, als wie sie Dr. Bill in ihre Klauen kriegt.« Sie packte ihren Zopf und riß daran, ohne sich zu schonen, als könnte der körperliche Schmerz ihre Seelenqualen mildern. »Ich habe Sie aus tiefstem Herzen verachtet, aber ich hätte mir ja nie träumen lassen, wie verachtenswert Sie in Wirklichkeit sind. Niemals hätte ich mir vorstellen können, daß eine Kreatur so tief sinken kann, daß sie auf dem Bauch angekrochen kommt, nachdem man sie so schmählich hinausgeworfen hat.«

Diese Raserei war wirklich unerfreulich, aber für Ann war sie nicht mehr als das Symptom eines klinischen Falles, wie sie ihn in ihrem Beruf nicht selten zu sehen bekam. Und ihre einzige Reaktion war nur, daß sie sich fragte, wie sie mit ihrer Erfahrung dieser verworrenen Frau, die im Augenblick lediglich als eine neue Patientin anzusehen war, zu Hilfe kommen könnte. »Schwester Driscoll, nehmen Sie sich bitte zusammen, Sie sind nahe dran, einen hysterischen Anfall zu bekommen.«

Diese Nutzanwendung ihrer medizinischen Erfahrung wirkte sich allerdings so aus, daß Ellen Driscoll beinahe den Verstand verlor. Sie packte Ann an den Schultern und schüttelte sie wild.

»O dich kenn ich, meine feine Dame. Bei all deinem affektierten Getue bist du doch nichts anderes als eine läufige Hündin. Du bist doch krank vor Sehnsucht nach Dr. Bill, stimmt's? Stimmt's? Ich frag dich, ob's stimmt?«

Der Schmerz in den Schultern durch die bohrenden Finger dieser großen, starken Frau und die Erbitterung darüber, hin und her geschüttelt zu werden wie ein Sack, ließen Ann mit einem Schlag ihr Heilbedürfnis und das medizinische Erbe von Urgroßvater, Großvater und Vater Morgan vergessen. Sie zog das Knie an und schnellte es in Ellens Unterleib. Keuchend ließ die Schwester sie los. Ebenfalls keuchend, aber im Überschwang des Triumphs, rief Ann: »Ja, ich bin krank vor Sehnsucht nach ihm, ich glaube, ich sterbe, wenn ich ihn nicht bekommen kann, und Sie haben mich dazu gebracht, daß ich das ganz klar sehe. Ich danke Ihnen, ich danke Ihnen vielmals!« Gekrümmt stand Ellen vor ihr, die Hände über dem Unterleib verschränkt; sie versuchte zu sprechen, brachte aber nur ein ersticktes Krächzen hervor. Ann richtete sich auf und sah auf sie hinab. »Apropos läufige Hündin. Wir haben uns beide dasselbe gewünscht, Ellen, der Unterschied ist nur, daß ich es bekomme«, sagte sie, schlug beim Hinausgehen die Tür krachend hinter sich zu und stieß mit Bill draußen zusammen und klammerte sich an ihn, um nicht zu fallen, und er klammerte sich wiederum an sie, um nicht zu fallen.

»Meine Liebste, wenn du dich mal gehenläßt, dann aber mit Pauken und Trompeten. Ich hätte nie gedacht, daß mein Antrag so laut schallend und so schneidend angenommen würde, und auch nicht, verzeih das harte Wort, so grob.«

Noch immer bebte Ann vor Zorn, der zum Ausbruch drängte und keinen Unterschied zwischen Freund und Feind machte. Sie stieß ihn beiseite. »Du hast keinen Anstand, dein Benehmen ist unentschuldbar. Du bist mir gefolgt! Du hast mit Absicht hier gelauscht!«

»Natürlich bin ich dir gefolgt, um dich nach Hause zu bringen. Immer Gentleman. Und du mußt zugeben, daß euer Gedankenaustausch sich auf einer Tonhöhe bewegte, die überall im Dorf vernehmbar gewesen wäre. Aber auch dann wäre es keine Überraschung mehr gewesen, mein Liebling«, sagte Bill, der sie nun wieder zärtlich an sich zog, »denn gleich nach unserer Landung habe ich diesen armen fehlgeleiteten Gesellen im Boot unsere Verlobung mitgeteilt, um sie wieder aufzuheitern. Heute abend brennen die Freudenfeuer hier.« Ann holte tief Atem und öffnete den Mund, aber er verschloß ihn mit einem Finger. »Mein liebes kleines Fischweib, sag's lieber nicht«, mahnte er erschrocken. Er ersetzte seinen Finger durch seine Lippen. Als er sich löste, fragte er: »Und wie war das?«

»Sehr sachkundig.«
»Ja. Müßte's auch sein.«
»Ich habe meine Meinung über dich nicht geän-

dert, aber ich heirate dich, sobald du willst. Obwohl's Wahnsinn ist«, sagte Ann heftig. »Wahnsinn für uns beide, aber es ist mir egal.«

»Eine biologische Falle, in die wir tappen. Aber keine Angst«, sagte Bill tröstend, »wir können uns später immer noch herauswinden.« Darauf antwortete sie mit der unwandelbaren Ehrlichkeit, die sich niemals ändern würde, wie immer Ann sich auch entwickeln mochte: »Möglich, aber ich hab das Gefühl, daß ich mich nie mehr da rauswinden will.«

»Was mich betrifft, hab ich dasselbe Gefühl. Nettes Gefühl, wie?«

Es war jetzt hell geworden. Sie standen immer noch vor Ellen Driscolls Haus. Niemand war im Dorf zu sehen, nichts war zu hören, und doch war es so, als läge alles unsichtbar auf der Lauer und lauschte. Das groteske Bild zweier rivalisierender Ärzte, die inmitten Dunbegs in aller Öffentlichkeit wie die Tauben schnäbelten und girrten, kam Ann plötzlich in den Sinn, so daß sie laut und lange lachen mußte. Als sie damit aufhörte, wurde ihr klar, daß sie in Wirklichkeit über sich selbst gelacht hatte, so wie sie noch nie im Leben hatte lachen können.

»Jetzt haben wir's«, sagte Bill beifällig. »So lieb ich dich. Ich hab's doch gewußt, daß Inishcarrig früher oder später eine völlig neue Frau aus dir machen würde.«

Una Troy im dtv

»Nur wer Irland genau kennt, hat es in der Feder, diesen Menschenschlag so treffend und amüsant zu beschreiben.«
Hannoversche Allgemeine Zeitung

Ein Sack voll Gold
Roman
Übers. v. Ch. Trabant-Rommel
ISBN 3-423-08540-1
Eine heitere Familiengeschichte in einem kleinen irischen Dorf.

Kitty zeigt die Krallen
Roman
Übers. v. Harald Raykowski
ISBN 3-423-10898-3
Kitty ist glücklich verheiratet und hat zwei Kinder; doch plötzlich geht alles schief.

Das Schloß, das keiner wollte
Roman
Übers. v. Fred Schmitz
ISBN 3-423-11057-0
Eine Lehrerfamilie erbt ein Schloß in Irland.

Wir sind sieben
Roman
Übers. v. Dorothea Gotfurt
ISBN 3-423-20322-6
Eine Mutter, sieben Kinder und verschiedene Väter – das sorgt in einem irischen Dorf für Unruhe und stört den Seelenfrieden mancher Leute, denn zum Unglück gleichen die Kinder ihren Vätern aufs Haar...

Das Meer ist Musik
Roman
Übers. v. Isabella Nadolny
ISBN 3-423-20408-7
Die Geschichte zweier musisch begabter Schwestern.

Eine nette kleine Familie
Roman
Übers. v. Isabella Nadolny
dtv großdruck
ISBN 3-423-25153-0

Mutter macht Geschichten
Roman
Übers. v. Susanne Lepsius
dtv großdruck
ISBN 3-423-25166-2
»Ein Buch voller Komik.«
(Hamburger Abendblatt)

Die Pforte zum Himmelreich
Heiterer Roman
Übers. v. Dorothea Gotfurt
dtv großdruck
ISBN 3-423-25186-7

Läuft doch prima, Frau Doktor!
Roman
Übers. v. Fred Schmitz
dtv großdruck
ISBN 3-423-25247-2
»So richtig zum Entspannen.«
(Buchprofile)

Bitte besuchen Sie uns im Internet: www.dtv.de

dtv großdruck

Viele schöne Tage
Ein Lesebuch

Zusammengestellt von
Helga Dick und Lutz-W. Wolff

ISBN 3-423-25126-3

Vierzehn ungewöhnliche Erzählungen von Madison Smartt Bell, Heimito von Doderer, Barbara Frischmuth, Peter Härtling, Marlen Haushofer, Franz Hohler, Hanna Johansen, Marie Luise Kaschnitz, Roland Koch, Siegfried Lenz, Margriet de Moor, Isabella Nadolny, Herbert Rosendorfer und Christa Wolf.

Bitte besuchen Sie uns im Internet: www.dtv.de

dtv großdruck

Lach doch wieder!

Geschichten, Anekdoten,
Gedichte und Witze

Zusammengestellt von
Helga Dick und Lutz-W. Wolff

ISBN 3-423-25137-9

Lachen und Weinen gehören zusammen, und ein bißchen Galgenhumor ist allemal besser als Selbstmitleid und Verzweiflung. Es geht uns besser, wenn wir zu den Dingen und zu uns selbst etwas Distanz haben, das zeigen Peter Bamm, Erma Bombeck, Ilse Gräfin von Bredow, Art Buchwald, Sinasi Dikmen, Trude Egger, Lisa Fitz, Axel Hacke, Ursula Haucke, Johann Peter Hebel, Elke Heidenreich, Inge Helm, Irmgard Keun, Siegfried Lenz, Christian Morgenstern, Christine Nöstlinger, Alexander Roda Roda, Herbert Rosendorfer, Eugen Roth, Hans Scheibner, Michail Sostschenko, Phyllis Theroux, Ludwig Thoma und Kurt Tucholsky.

Bitte besuchen Sie uns im Internet: www.dtv.de

Isabella Nadolny im dtv

»Isabella Nadolny ist eine Moralistin der Lebensweisheit,
eine Herzdame der Literatur.«
Albert von Schirnding

Ein Baum wächst übers Dach
Roman
dtv großdruck
ISBN 3-423-25246-4

Ein Sommerhaus an einem der oberbayerischen Seen zu besitzen – dieser Traum wurde für die Familie der jungen Isabella in den dreißiger Jahren wahr. Wer hätte damals gedacht, daß dieses kleine Holzhäuschen eines Tages eine schicksalhafte Rolle im Leben seiner Besitzer spielen würde?

Seehamer Tagebuch
dtv großdruck
ISBN 3-423-25265-0

Providence und zurück
Roman
ISBN 3-423-11392-8

»Zuhause ist kein Ort, zuhause ist ein Mensch, sagt der Spruch, und es ist wahr. Hier in diesem Sommerhaus war kein Zuhause mehr seit Michaels Tod ...« In ihrer Verzweiflung folgt Isabella Nadolny einer Einladung in die Staaten. Von New York über Boston bis Florida führt sie diese Reise zurück zu sich selbst.

Vergangen wie ein Rauch
Geschichte einer Familie
dtv großdruck
ISBN 3-423-25167-0

Als einfacher Handwerker aus dem Rheinland ist er einst zu Fuß nach Rußland gewandert und hat es dort zum Tuchfabrikanten gebracht, in dessen Haus Großfürsten, Handelsherren und der deutsche Kaiser zu Gast waren: Napoleon Peltzer, der Urgroßvater des Kindes, das ahnungslos die Porträts und Fotografien betrachtet, die in der Wohnung in München hängen. Und das gebannt den Erzählungen der Noch-Lebenden lauscht.

Der schönste Tag
Geschichten · dtv großdruck
ISBN 3-423-25191-3

»Isabella Nadolny besitzt die Kunst, ihre Erzählungen in ganz alltägliche Ereignisse einzupflanzen, sie blühen dann auf, nehmen zu an Bedeutung und Gehalt.« (Ruhrwort)

Durch fremde Fenster
Bilder und Begegnungen
dtv großdruck
ISBN 3-423-25217-0

Bitte besuchen Sie uns im Internet: www.dtv.de